はなの味ごよみ

願かけ鍋

高田在子

角川文庫
21120

目次

第一話　初夢小豆

「あっ、こんなところにいやがった！」

神田須田町《かんだすだ》にある一膳飯屋《いちぜんめしや》、喜楽屋《きらくや》に入ってきた羽織姿の客が、小上がりを見て大声で叫んだ。

はなは驚いて、店の奥へ案内しかけていた足を止める。

小上がりの隅で一人、昼飯をかっ込んでいた男が、からんと箸《はし》を落とした。こちらは尻端折《しりはしょ》りに股引《ももひき》姿だ。蒼白《そうはく》な顔で、あわあわと唇を震わせている。

「おい、おまえ、こんなところで飯を食う金があるなら、この旭屋《あさひや》への支払いもきっちり済ませてもらおうじゃないか」

小上がりにずいっと一歩迫る羽織姿の男は、いかつい顔から怒気を溢《あふ》れさせている。眉間《みけん》のしわと吊《つ》り上がった目が、いかにも喧嘩《けんか》っ早《ぱや》く見えた。上背《うわぜい》もあり、腕っぷしが強そうだ。

喜楽屋の女将《おかみ》おせいが調理場から出てくる。

「卯太郎《うたろう》さん、いったい、どうしたんですか」

おせいが見上げると、卯太郎と呼ばれた羽織姿の男はふうっと息をついて表情をやわらげた。吊り目できつく見える顔に、困ったような笑みが浮かぶ。

「今日は朝早くからずっと、あの野郎を捜し回っていたんですよ。うちの店に金を払わず年を越そうって、ふてえ腹づもりの男なんです」

江戸《えど》での商売は掛売《かけう》り（代金あと払い）も多く、節季《せっき》（決算期）は普通、盆前と年末の年二回である。

特に大晦日《おおみそか》のこの日には、一年の未払い金をすべて取り立てようと、店の掛取《かけと》り（集金人）が夜を徹して江戸の町を駆けずり回るのだ。

「はなちゃん、こちらは日本橋《にほんばし》に立派なお店を構えていらっしゃる乾物屋、旭屋さんの跡取りで、卯太郎さんよ」

「旭屋さんの乾物って、うちの店でも使ってますよね」

「ええ、そうよ。旭屋さんには、銀次《ぎんじ》の頃からよくしていただいてるの」

銀次は喜楽屋の元店主で、おせいの亡夫でもある。

卯太郎は、はなに向き直ると、きちっと辞儀をした。

「お初にお目にかかります。はなさんのお噂は、ちょいちょい小耳にはさんでおりました。いなくなったご亭主を捜しに、鎌倉《かまくら》から江戸へ出てきたとか。あ、さっきの『こんなところ』ってのは、もちろん言葉のあやですよ。勘弁しておくんなさい」

「はあ……ご丁寧に、どうも」

はなは頭を下げながら首をかしげた。ちょいちょい小耳にはさんでいた噂とは、いったい何だろう？　確かめたかったが、卯太郎の顔にまだこびりついている険しさを見て、はなは口をつぐんでいた。

卯太郎は小上がりに目を戻すと、腰を抜かしたように震えている男をぎりりと睨《にら》みつける。

「一昨年《おととし》は長屋の厠《かわや》に隠れ、去年は腹痛《はらいた》で七転八倒の芝居を続け、今年は死んだふりでも決め込むのかと思えば、よその町へ逃げたと聞いた。取り立てを半分あきらめた心地で入った喜楽屋でおまえに会うとは、ご神仏のお導きに違いねえ」

卯太郎は鼻の穴を膨らませ、握り固めた拳《こぶし》を振り上げた。

「今日こそは、何が何でも払ってもらうぜ。よその店の者も、必死でおまえを捜し回っているんだ。旭屋の分を取り立てたら、みんなに引き渡してやる！」

「ひぃぃっ」

小上がりにいた男は卯太郎の拳をかろうじてよけると、這《は》いつくばって土間に下り、草履を懐に入れて戸口へ走った。

「あっ、昼飯のお代もまだです！」

はなはとっさに、目の前を突っ切ろうとする男の袖《そで》を両手でつかんだ。

「放せ！　放してくれえっ」

「駄目です！　お代をもらうまでは放しませんっ」

「くっそお、このあま！」

男は両手を振り回した。はなは負けるものかと、男の襟を後ろからぐいっと思いっきり引っ張る。男の着物がはだけた。

男は着物を脱ぎ捨てて逃げようと、ますます暴れた。はなは男の帯をがっちりつかんで踏ん張る。男は帯をほどこうとするが、はなが邪魔でうまく結び目に手を回せない。しがみつくはなを振りほどこうと、男は暴れ続けた。

おせいも男を取り押さえようと加勢の手を伸ばしてくるが、男に蹴《け》られそうになって、近づけないでいる。

「はなちゃん、危ないわ。もうお代はいいから、放しなさい」

「嫌です。放しませんっ」

この男は払うべきものを払わず、掛取りから逃げ、平気な顔で喜楽屋へ入ってきたのだ。このまま逃がしてしまえば、喜楽屋の暖簾《のれん》も汚《けが》される気がした。

「おせいさん、はなさん、どいてください！」

振り向くと、卯太郎がいつでも飛びかかれるよう身構えていた。はなは男から手を放し、さっと脇へどく。と同時に、卯太郎が男に突進した。

「うわあっ」

卯太郎と男は重なり合って、まだ開け放されたままだった戸の外へ転がっていく。はなも慌てて外へ出た。ひどい乱闘になって怪我人が出るのも嫌だが、対で飾ってある喜楽屋の門松が壊されるのも嫌だ。

道の真ん中に転がり出た卯太郎と男は、うずくまって動かない。

はなは駆け寄って卯太郎たちの無事を確かめようと思ったが、男が突然むくっと起き上がりまた暴れたらどうしようと、ためらって、けっきょく近寄らなかった。

門松は無傷だ。卯太郎と男は門松にかすりもせず通りへ転がっていったようだ。

通りを行き交う人々が足を止め、何の騒ぎかと、転がった二人を取り囲む。

「おや卯太郎さん、取り立てかい。ずいぶんと派手な立ち回りじゃないか」

通りに居合わせた喜楽屋の馴染《なじ》み客、絵師の鳩次郎《はとじろう》がゆっくりと歩み寄ってきた。着流し姿で、手拭《てぬぐ》いを襟巻のように首に巻いている。

「おう、鳩次郎さんか。久しぶりだな」

「この寒い中、ご苦労なことだねえ。せっかくの羽織に土つけてさ」

「ん。仕方ねえな」

卯太郎は身を起こすと、着物についた土を払った。怪我はない様子だ。

鳩次郎が顔をしかめて、ほとんど着物が脱げかかっている半裸の男を見下ろす。

「見苦しい。まったく絵にならない男だねえ」

半裸になった男はじたばたと這って逃げようとする。煤竹《すすたけ》色の股引をまとって暴れる足が、大きくのたうつ蚯蚓《みみず》のように見えた。

「おっと」

鳩次郎は男の剝《む》き出しの肩を草履でぎゅううっと踏みつけた。

「あうっ――いっ、いてえ」

男の動きが止まったところへ、卯太郎が背中から馬乗りになる。

「ぐえっ」

「こいつめ、手間かけさせやがって」

卯太郎は男の背に乗ったまま、男の袖のたもとに手を突っ込んだ。

「この野郎、やっぱりいくらかは持っていやがったな」

卯太郎が男の袖の中から出した手には、巾着《きんちゃく》が握られていた。卯太郎が巾着を振ると、じゃらりと中から音が上がる。

卯太郎は巾着から銭を取り出し、はなに差し出した。

「お騒がせして、すみませんでした。これは、こいつの勘定です」

はなはうなずいて、男の飯代を受け取った。

通りに群がる野次馬から拍手喝采《かっさい》が沸き起こる。

卯太郎は男の袖の中に巾着を戻すと、ゆらりと立ち上がった。半裸の男を引きずって、どこかへ連れていく。その後ろ姿は、まるで月輪熊《つきのわぐま》が大きな獲物を引きずって歩いているようだった。

はなは店に戻って小上がりを片づけた。卯太郎から逃げようとした男が折敷《おしき》を引っくり返していたが、幸い、割れた器はない。もうほとんど食べ終えていたので、こぼれた料理もなかった。

「とんだ災難だったねえ。でも、二人に怪我がなくて何よりだよ」

鳩次郎は小上がりに腰を下ろすと、こんにゃく田楽を注文した。

「酒はあとでもらうよ。こんにゃく田楽をつまんだら、今日こそは、はなちゃんのご亭主の似顔絵を描きたくてねえ。今年の約束は、今年のうちに果たして、何の気がかりもなく新年を迎えたいのさ」

「そんな。あたしのことで気がかりなんか抱えてもらっちゃ申し訳ないです。気にしないでください」

「気にするなと言われりゃ、よけい気にして手を貸したくなるものさ」

鳩次郎は同意を求めるように、おせいを見た。

「店を開けている最中に申し訳ないが、このわたしが憂いのない綺麗《きれい》な心で年を越せるよう、ちょいとばかり、はなちゃんを貸してはもらえませんかねえ」

おせいは店を見渡して微笑んだ。

「いいですよ。ご覧の通り、ちょうど今は誰もいませんから」

鳩次郎はこんにゃく田楽を頬張りながら、はなに向かって手招きした。おせいにも促され、はなは小上がりに腰を下ろす。

鳩次郎はこんにゃく田楽を食べ終えると、矢立《やたて》から筆を取り出して、小さな画帳を開いた。

「じゃあ、ご亭主の顔を聞いていくよ。まず、顔の形はどんなだい？　丸か、四角か、三角か。目は大きいかい？　それとも小さいかい？　口の大きさ、唇の厚さは――」

はなはまぶたの裏に良太《りょうた》の顔を思い浮かべ、問われるままに答えていった。

しかし、答えながら愕然《がくぜん》とする。夫婦《めおと》としてともに暮らした男なのに、いざ答えようとすると、思ったよりもすらすら言葉が出てこない。

振り返ってみれば、はなと良太が一緒に過ごしたのは、わずかひと月あまり。胸に刻み込まれたはずの良太の顔は、突然立ち込めた霞《かすみ》の向こうにぼやけてしまいそうだ。

はなは唇を嚙《か》んだ。

人様に力を貸してもらっても、はながこれでは、あまりにも不甲斐《ふがい》ない。

それに、両国広小路《りょうごくひろこうじ》で見た、武士の恰好《かっこう》をした良太――黒い着物に、黒い半袴《はんばかま》をまとい、腰に二刀を差していたあの姿は、実際目にしたはなでも信じがたい。良太が武士だなんて、ありえなかった。

自分が信じがたいものを、いったい、どうやって人に伝えればよいのか。

よく似た男を見間違えたのだと、小石川御薬園《こいしかわおやくえん》同心の岡田弥一郎《おかだやいちろう》に断言されたが――御薬園内にある弥一郎の畑の納屋から聞こえてきた声も、良太とよく似ていた。はなも確かめたところ、納屋には誰もおらず、弥一郎の独り言だと言い張られて認めるしかなかったが――どうもすっきりしない。

まっすぐにはなを見つめていた切れ長のあの目は、耳に響いたあの声は、良太以外に考えられないのに。すべてが、はなの思い違いだったのか。

「正しく思い出すというのは、なかなか難しいものなんだよねえ」

鳩次郎の言葉が、はなの胸にどきりと響いた。

「こんなふうに、絵にするため、誰かに伝えようとするならば、なおのこと」

鳩次郎が慰めるように、はなに笑いかけてくる。

「楽しい日々に心を戻すのは簡単だけど、細かいところは意外と覚えていなかったりするものさ。一緒に歩いた相手の着物の柄、茶屋で飲んだ甘酒の器の色――美味《うま》いと喜んで食べた料理が何だったのかさえ、思い出せないことがあるんだよねえ」

鳩次郎は話しながら、画帳の上に筆を走らせる。

「それに、正しいはずの思い出が間違っていることもある。人というのは、けっこう都合よく過去を塗り替えていくものだからねえ」

鳩次郎の筆の動きを目で追いながら、はなは心がどんより沈んでいくのを止められなかった。

心底から本気で惚《ほ》れたはずの良太の姿が、はなにはわからなくなってくる。

良太が本当はどんな男だったのか。はなに見せていた笑顔は本物だったのか。

はなが知っている良太を信じたいのに、信じるのが怖くなってきた。

掛取りから逃げ回っていた、さっきの男が頭をよぎる。

良太は追い剝《は》ぎに襲われて金がないはずだったのに、はなに立派な鎌倉海老《えび》を送って寄越《よこ》した。あの金は、いったいどこで工面したのか。何をして手に入れた金だったのか。

良太には、人に言えぬ後ろ暗い事情が何かあるのだろうか。だから姿を偽って、はなの家に転がり込んできたのだろうか。疑い出せばきりがない。

はなは膝《ひざ》の上で拳《こぶし》を握り固めた。

しっかりしろ、はな。良太さんと過ごした日々を信じるしかないよ――。

はなは鳩次郎が描いていく良太の顔をよく見て、顔の線や目の形の微妙な違いを言い直した。鳩次郎はうなずいて、根気よく手直しを重ねていく。

「さあ、できたよ」

鳩次郎が筆を置いて、はなに画帳を見せた。

「どうだい、似ているかい？　はなちゃんの胸の中にいるご亭主より、うんといい男に描いちまったかねえ」

はなは口角を引き上げ、笑って首を横に振った。

「鳩次郎さんが描いてくれた良太さんより、やっぱり本物の良太さんのほうが、ずっといい男ですよ」

「おや、言ってくれるじゃないか」

「でも、この目のあたりなんかは、本当によく似てます。聞いた話だけで描いたとは思えません」

「じゃあ、わたしの絵は、ご亭主捜しに使えそうだね。同じ物を何枚か用意して、常連のみんなにも渡しておくよ。金太《きんた》は猪牙船《ちょきぶね》に乗りながらご亭主を捜してくれるだろうし、権蔵《ごんぞう》さんは大工仲間に聞き回ってくれるだろうさ」

「本当に、ありがとうございます」

はなは小上がりの床に手をつき、深々と頭を下げた。

「礼を言われるにはまだ早いよ。ご亭主が見つかったら、そっちにきっちり頭を下げさせるからさ」

　おせいが酒を運んできた。

「描き終わったら、一杯どうぞ。これは、わたしからです」

「おお、ありがたい。おせいさんからの酒は遠慮なくいただきますよ。ええ、何杯でもね」

「一杯だけですよ。あとは注文してくださいな」

　鳩次郎が大事そうにちびりと酒を舐《な》めていると、猪牙船の船頭をしている金太が店に入ってきた。少し遅れて、大工の権蔵も現れる。

「へえ、はなさんの亭主の似顔絵がやっとできたのかい」

　金太は鳩次郎の隣に腰を下ろすと、画帳を覗《のぞ》き込んだ。

「おいらが働く柳橋《やなぎばし》の船宿でも、この絵の男を見た者がいないか聞いてみるよ。もちろん、おいらが猪牙に乗り込む時だって持ち歩いて、似てる客が乗ってこないか、よおく目を凝らしておくぜ。よその船乗りたちにも聞いてみるよ」

　権蔵も絵を見ながらうなずいた。

「おれも普請場に持っていって、手当たり次第に聞いてみるぜ。竪大工《たてだいく》町の長屋でも聞き回ってやる。佐助《さすけ》とちよちゃんだって、喜んで手ぇ貸すだろうよ」

佐助も大工で、以前はしょっちゅう喜楽屋で飯を食べていたが、恋女房のちよと一緒に暮らし始めてからは、喜楽屋から足が遠のいた。佐助の嫌いな葱《ねぎ》がもとで派手な夫婦喧嘩《げんか》をくり広げたものの、はなとおせいが間に入って一件落着。佐助は仕事が終わるとすっ飛んで長屋へ帰るようになり、愛《いと》しのちよが作った飯に舌鼓を打っているという。

権蔵は画帳から顔を上げて腕組みをした。

「おい鳩次郎、おめえだって、絵を描いてそれで終わりってわけじゃねえんだろうな」

「もちろんですよ。わたしだって、あちこち聞き回りますとも。金沢《かなざわ》町の長屋のみんなや、絵師仲間、馴染《なじ》みの絵具屋たちにも聞いてみます」

「しかし、はなさんの亭主はいい男だなあ。きりりとした切れ長の目が、何とも男らしいじゃねえか。鎌倉の畑で大根抜くより、おいらみたいに川で猪牙を操るほうがお似合いかもしれねえぜ。いい男ってのは川がよく似合うからなあ」

画帳を見ながら声を上げる金太に、権蔵が冷ややかな目を向けた。

「この若造が、世迷言《よまいごと》を抜かしてんじゃねえよ。いいか金太、江戸でいい男といやあ、大工に決まってんだろうが。大工の次は、やっぱり鳶《とび》か相撲取りだな。それと、忘れちゃならねえのが与力の旦那《だんな》だ。猪牙船の船頭なんざ出る幕はねえよ」

「へっ。権蔵さんみたいな野暮天には、猪牙のよさがわかんねえはずさ。吉原《よしわら》へ猪牙でくり出す通人たちとは縁もゆかりもねえだろうしなあ」

「何ぃ、おれが野暮天だとぉ！」

睨《にら》み合う二人の間に、鳩次郎が空の皿をぬっと突き出した。

「はなちゃん、次は風呂《ふろ》吹《ふ》き大根をもらうよ」

「あっ、おいらも風呂吹き大根！」

「おれももらうぜ。あと、酒もな」

はなは手早く大鍋《おおなべ》の中から風呂吹き大根をよそい、小上がりに運んだ。

三人は湯気の立ち昇る大根をじっと見つめると、ごくりと喉《のど》を鳴らして箸《はし》をつけた。大根の上に載せた柚子味噌《ゆずみそ》と一緒に、ひと切れぱっくり口に入れる。

「はうっ——これこれ」

口の中で熱さを転がすような顔をして、金太が首を小刻みに振った。

権蔵が大根を噛《か》みしめながら目を閉じる。

「うーん、味がよく染みてるぜぃ」

鳩次郎は器の中をしばし見つめてから、もうひと口頬張った。

「ああ、わたしがこの味に色をつけるとしたら、どんな色だろう。澄んだ出汁《だし》を表した淡い黄金色か、それとも柚子と味噌が絶妙に混ざり合った美しい茶色か」

箸を進める三人の顔には満足そうな笑みが浮かんでいる。

美味《おい》しいものを並んで食べれば、あっという間に和気あいあいだ。

はなも調理場のおせいと目を見合わせて笑い、酒をちろりに注ぎ入れた。

「はい、お待ちどおさまです」

小上がりに酒を運ぶと、三人とも上機嫌になって鳩次郎の画帳を眺めていた。

「はなちゃんの亭主は、きっとおれたちが見つけ出してやるからな。任しときな」

権蔵が胸を叩《たた》いて言うと、金太も鳩次郎も大きくうなずいた。

権蔵は勢いをつけるように、ぽんと手を打ち鳴らす。

「さあ、もっと何か食おう。そうだな、おれは人参《にんじん》と牛蒡《ごぼう》の煮しめをもらうぜ」

「おいらは風呂吹き大根のお代わりと、湯やっこ。飯物は――どうしようかなあ。年越し蕎麦《そば》を食べられなくなっちまうかなあ」

金太がおせいを振り返る。

「今年も、おいらたちの蕎麦はあるかい？」

おせいは優しく笑ってうなずいた。

「ええ。常連のみなさんの分は用意してありますよ」

同じ須田町の蕎麦屋から蕎麦切りのみを買って、喜楽屋で茹《ゆ》でる、ぶっかけ蕎麦である。常連の中には年越し蕎麦も喜楽屋で食べたいと言う者が毎年いるため、おせいが用意していた。刻み葱だけを入れて素朴に味わうのが喜楽屋流だという。

「おいら、蕎麦をしっかり食いたいから、飯物はやめておこうかなあ」

迷う金太を横目で見やりながら、鳩次郎がぐいっと猪口《ちょこ》を空ける。

「あとわずかで年越しか――」

鳩次郎はしみじみと呟《つぶや》いて、画帳を懐にしまった。

「きっと、いい年になるよ」

小上がりの一同がそろってうなずく。

はなは鳩次郎の懐にちらりと目をやった。

画帳に描かれた良太は当然のように町人髷《まげ》を結っていた。

はなのまぶたの裏に、武士の姿をした良太がよみがえる。

もしかしたら良太は武士かもしれないと、はなはみんなに言い出せなかった。

相手が武士ならあきらめろと諭されるのを恐れたのか、愛した男が姿を偽っていたと自分ではっきり認めるのが怖かったのか――。

はなは鼻から大きく息を吸った。店内に漂う醤油《しょうゆ》や味噌のにおいを思いっきり嗅《か》ぐと、腹がぎゅるりと小さく鳴った。無性に何か食べたくなってくる。

「よしっ」

はなは小声で気合を入れた。腹が減るうちは大丈夫だ。ちゃんと頑張れる。

「今日はみなさん蕎麦を食べるから、飯物があまっちゃいますかねえ。おせいさん、五目飯が残ったら、あたしが夜食にいただいちゃいます！」

「あぁ、五目飯――やっぱり、おいらも食いてえや。ちょっとだけよそってもらおうかなあ」

「わたしも、ひと口なら」

「おれはちゃんと一人前もらうかな。蕎麦は別腹でいけるだろうよ」

けっきょく三人とも、大ぶりの茶碗《ちゃわん》一膳《ぜん》分の五目飯と蕎麦をしっかり食べてから帰っていった。

いつもより早い店じまいのあと、はなはおせいと二人、小上がりに腰かけて年越し蕎麦を食べた。

「亭主の銀次が死んでから、わたし一人で年越し蕎麦をすすってきたけど。今年は、はなちゃんが一緒だから寂しくないわ」

　一人ぽつんと年を越してきたおせいの姿を思い浮かべると、はなの胸が切なくきゅっと痛んだ。

　鎌倉での侘《わび》しい一人暮らしも思い出す。

　この年越しは、良太さんと一緒だと思っていたのに――。

「いただきます！」

　はなは元気よく声を上げ、胸の痛みを押し流すように勢いよく蕎麦をすすった。

　客のいなくなった店内に、ずっ、ずっと蕎麦をすする音だけが響く。

　温かい汁をひと口飲むと、醤油と鰹《かつお》出汁の味の深さがはなの体の中に広がった。ほのかなみりんの甘さも心地よく舌に残る。

「蕎麦の味と汁の味が口の中で絡み合って、たまらないですねえ」

　はなは蕎麦を食べ終え、汁まで全部飲み干すと、天井を仰いだ。

「今晩で、いよいよ今年も終わりですねえ。毎日必ず朝と夜はやってくるけど、大《おお》晦日《みそか》の夜と元日の朝はやっぱり特別ですよね」

「そうねえ。年が明ければ、またひとつ年も取るしね」

　来年はなは二十九、おせいは四十一になる。

「細く長い蕎麦を食べたから、きっと長生きできるわね。それに、年越し蕎麦は運蕎麦ともいって、食べると新年もいい運が向いてくるんですって」

「えっ、ほんとですか」

「はなちゃんも、しっかり蕎麦を食べたから、きっといいことがあるわよ」

空になった器を片づけ、二階へ上がると、はなはおせいの部屋に呼ばれた。

畳の上に着物が広げてある。紺青《こんじょう》の地色に鼠《ねずみ》色の細い縦縞《たてじま》が入った袷《あわせ》だ。この時期すぐ着られるよう、綿入れをしてある。

「これ、どうかしら」

「素敵ですね。粋な感じで、おせいさんに似合いそう」

近づいて目を凝らすと、鼠色の縦縞の中に、紅海老茶《べにえびちゃ》色の縦縞が控えめに混じっていた。

「わたしが若い頃に着ていた物なんだけど、はなちゃん、着てくれない？」

「えっ、あたしですか⁉」

はなは着物をまじまじと見つめた。

おせいが身にまとっていた姿はすぐ思い浮かべられるが、自分が着こなす姿は考えられない。

「ちょっと当ててみて」

おせいに手を引かれ、はなは鏡の前に座った。

「ほら、はなちゃん、よく似合うわよ」

おせいが両肩にかけてくれた着物の前をかき合わせ、はなは鏡の中を覗《のぞ》き込んだ。

行燈《あんどん》の薄明りに照らされたはなが映っている。

着慣れぬ粋な縦縞が、はなを今までよりぐっと垢抜《あかぬ》けた女に見せていた。

まるで江戸の女になったみたいだ――。

はなは鏡を見ながら、黒襟を指でつまんだ。

もらった着物に嬉《うれ》しさ半分、戸惑い半分――触れた着物をどう扱ったらよいかわからずに、困り笑いをしているはなが鏡の中にいる。

「帯は、これね」

おせいが着物の縞に合わせた紅海老茶色の帯を出してきた。

「でも、あたし、こんな――」

「藪入《やぶい》りには早いけど、いいわよね。良太さんを見つけるまでは、鎌倉の村へ帰らないんでしょう？」

藪入りは、奉公人がもらえる休みである。一月十六日と、七月十六日の、年二回。

奉公人たちは店の主《あるじ》から小遣いやお仕着せの着物をもらったり、親元へ帰ることを許される。

「何を着ていても、はなちゃんは、はなちゃん。だけど女だもの。着物を変えて、気分を変えることも必要かもしれないわ。元日からは別の着物で、お日さまの下にお立ちなさいな」

「ありがとうございます」

微笑むおせいに、はなは深々と頭を下げた。

おせいに連れていってもらった、浅草寺《せんそうじ》の歳の市を思い出す。その帰り道で、周囲の女たちと自分の身なりを比べて、気にして、みじめになっていたはなの気持ちに、おせいはきっと気づいていたのだ。

はなは紺青の着物を丁寧に畳むと、身にまとっている雀茶色の着物の襟元をぎゅっとつかんだ。

色あせて、薄汚れた着物には、鎌倉の畑で流した汗が染み込んでいる。

村での暮らしを恥じてはならぬ。決して、自分を見失わぬよう――。

けれど新たな気持ちで明日の朝を迎えるのだと、はなは奮い立つ胸の鼓動を抱いて年越しを迎えた。

年が移り、文化《ぶんか》十五年（一八一八年）の元日。

夜の暗闇をゆっくり押しのけるように空が白んでくる。

はなは自室の窓を開け、良太の竹灯籠《とうろう》を新年最初の朝日に当ててから寝床に入った。本気で初日の出を拝む者たちは愛宕山《あたごやま》辺りまでくり出すと聞いたが、部屋の中に差し込む朝日にだって、ご利益があるに違いない。

「今年こそは良太さんを見つけられますように」

竹灯籠を抱いて眠り、日が高く昇りきってから、はなは目を覚ました。

おせいにもらった紺青の着物に袖《そで》を通して、階下の店に立つ。

動くたび目に入る紺青と、鼠と海老茶《えびちゃ》の縦縞が、はなの心を浮き立たせた。

お下がりといっても、おせいが大切にしまっていた綺麗《きれい》な着物だ。おせいの美しさにあやかって、身も心も粋ないい女になれた気がする。

たすきと前掛をつけ、にっこり笑った姿は、町で評判の茶屋娘にだって引けを取らぬ女っぷりではないだろうか。

はなは土間に下りると、笑いながらくるりと回り、閉じた表戸に向かって声を出さずに「いらっしゃいませ」と口を動かしてみた。正月休みが終わり、店を開けて客たちが入ってきたら、紺青の着物を何と言われるだろうか。

この姿を良太が見たら、いったいどんな顔をするだろう……。

「あら、はなちゃん、もっとゆっくりしてていいのよ。今日と明日は店も休むんだから」

店の真ん中でぼんやりしていたら、勝手口からおせいが入ってきた。はなは慌てて口元を引きしめる。

「おせいさんこそ、正月くらい、ゆっくり寝ていればいいのに。どこへ行ってらしたんですか？」

「ちょっと裏で青物を洗っていたのよ。若水《わかみず》を使ってね」

元日の早朝、一番初めに汲《く》む水を若水という。若水を飲めば一年の邪気が払えると云われており、雑煮などを作るのにも使う。

「ああ、すみません。あたしが洗えばよかったのに。若水だって、おせいさんに汲ませちゃって」

「ううん、いいのよ。若水も、いつも一人で汲んでたから——でも、雑煮作りはしっかり手伝ってもらうわね」

「江戸の雑煮って、どんなですか？　いっぱい具が入って、豪華なんでしょうか」

「家によって違うでしょうけど、うちの雑煮はあっさりした物よ。餅《もち》と小松菜、それに里芋ぐらいしか入れないの。お節料理だって、煮しめと数の子、きんとん、黒豆なんかを、ちょっと重詰めにしておいて、好きな時につまむだけだし」

「その、ちょっと重詰めっていうのが、村でのあたしの暮らしとはまるで違うんですよ。そもそも、うちに重箱なんかなかったですしねえ。村の正月も、餅を食べられるから、やっぱり特別におめでたい日でしたけど」

　おせいが汲んできた若水で、はなは茶を淹《い》れた。黒豆、梅干し、山椒《さんしょう》を入れた縁起物の茶、福茶《ふくちゃ》である。

「はなちゃん、お屠蘇《とそ》もあるわよ」

　おせいが屠蘇を小上がりに運んだ。

　山椒、防風《ぼうふう》、肉桂《にっけい》、桔梗《ききょう》、白朮《びゃくじゅつ》、大黄《だいおう》などの薬草を調合して、酒かみりんに浸したものである。元日の朝に屠蘇を飲めば、一年の邪気が払えるという。

「さ、はなちゃん、どうぞ」

　屠蘇は年少の者から順に飲む。おせいに勧められ、はなは居住まいを正した。

「では、おせいさん、改めまして、あけましておめでとうございます。どうぞ今年もよろしくお願いいたします」

「あけましておめでとう。こちらこそ、よろしくお願いいたします」

新年の挨拶《あいさつ》を交わして、はなは屠蘇をくいっと飲んだ。何とも言えない薬草の苦みと、酒のきつさが、一瞬で喉《のど》に落ちる。

「久しぶりに酒を口にしたから、ほんのちょっと飲んだだけでも、喉にかーっときますねえ」

「はなちゃん、お酒は飲めなかった？」

「下戸じゃないんですけど、村では飲む機会もそうなかったですね。食べて、畑仕事して、寝るだけの暮らしでしたから。おせいさんは？」

「わたしも、あまり飲まないわね。亭主がいた頃は、たまに二人で月見酒なんてしたけど」

「あたしは、良太さんと雪見けんちんをしました。小雪が舞い散るのを眺めながら、味噌《みそ》けんちん汁を食べたんです」

「あら、素敵。はなちゃんは本当に食べるのが好きねえ」

「そりゃあ、もう。あたしはやっぱり、色気より食い気ですかねえ」

はなに続いて、おせいも屠蘇を飲んだ。

「お屠蘇の中身は、弥一郎さまが調合して持ってきてくださったのよ」

はなの胸がどきんと跳ねた。

昨年末、迷子のりつが無事に親元へ帰ったと報《しら》せた折から、弥一郎とは会っていない。良太のことなど忘れて村へ帰れと言われたが、嫌だとはねのけ、喜楽屋へ駆け戻ってきたのだった。

逃げてしまった気まずさを、はなは抱き続けていたのだが――。

「弥一郎さま、いついらしたんですか？」

「お使いの方が、お屠蘇の薬包を届けてくださったのよ。そういえば、弥一郎さま、大晦日《おおみそか》もいらっしゃらなかったわねえ。年内最後のはなちゃんの働きぶりを見届けに、きっとおいでになると思ってたのに」

江戸で良太を捜し続けると告げたはなの剣幕に、弥一郎も呆《あき》れ返ったのだろうか。いや、弥一郎がはなに呆れるのは、いつものことだろうが――。

「お武家さまは、あたしたちと違って、年末年始もお忙しいんじゃないですかねえ」

はなは平静な顔を心がけて福茶をひと口飲んだ。

と、その時、表戸の外から大声がした。

「すみません、旭屋の卯太郎です！　この辺りに、宝船売りは来ませんでしたか⁉」

はなとおせいは顔を見合わせた。おせいがうなずき、はなは腰高障子を引き開ける。しょんぼりと肩を落とした着流し姿の卯太郎が店の外に立っていた。

「正月休みだっていうのに押しかけて、すみません。宝船売りを探しているんですが、見かけませんでしたか」

「宝船って――いい初夢を見るための絵ですよね？」

正月二日の夜に、七福神を乗せた宝船の絵を枕の下に置いて寝ると、縁起のよい初夢を見ることができると云われている。縁起のよい初夢を見ると、その年の運もよくなると信じられており、新年になると宝船売りが町に多く出回るのだ。

「あたしは見ていませんけど」

おせいもうなずく。

「この辺りには、まだ来ていないはずですよ。宝船売りは、明日《あした》のほうが多く出回るんじゃないかしらねえ」

はなは通りを見渡した。

いつもの人通りはなく、辺りは閑散としている。誰もかれもみな、元日の今日ばかりは仕事を休んで、のんびり過ごしているのだろう。恵方詣《えほうもうで》にでも行くらしい人々が時折まばらに通るくらいだ。

「ああ、もう駄目だ……」

卯太郎はがっくり地面に膝《ひざ》をついた。

「ちょっと、どうしたんですか⁉」

「てるさんとの縁談が壊れちまう」

がっちりした体を丸めて地面に突っ伏す卯太郎に、昨日の勢いはない。獲物を逃した月輪熊が悔し涙をこらえて身悶《みもだ》えているような姿だ。

「卯太郎さん、外は冷えます。ひとまず中へ」

「いったい何をしておる」

はなが卯太郎を店の中へ招き入れようとした時、弥一郎のいら立った声が通りに響いた。はなが顔を上げると、半袴姿《はんばかますがた》の弥一郎が店の前で仁王立ちしていた。

弥一郎は鋭い目で、はなと卯太郎を交互に睨《にら》む。

「この男は何者だ。元日早々から、また厄介事ではあるまいな」

弥一郎の嫌みったらしい声に、はなはむっと唇を尖《とが》らせる。

去年の暮れ、御薬園の畑の納屋で聞いた弥一郎の独り言に、良太の声が混じって聞こえただなんて――とんでもない空耳だったに違いない。良太の声は、弥一郎の声より、ずっと優しい。

弥一郎が眉間《みけん》にしわを寄せて、じろりとはなを見下ろす。

「いったいどうしたのだ、その着物は」

はなは紺青の袖《そで》を見せつけるように、弥一郎に向かって腕を突き出した。

「おせいさんにいただいたんです。どうですか？」

はなが胸を張ると、弥一郎は鼻をふんと鳴らした。

「しまりのない顔でにやけおって。今年も先が思いやられるな」

「似合ってませんか？」

「知らぬ」

弥一郎はそっぽを向いて足早に店の中へ入っていった。土間の床几《しょうぎ》にどかっと腰を下ろす。

「さ、卯太郎さんも中へ」

はなが再び声をかけると、卯太郎は立ち上がり、弱々しい足取りで店内に足を踏み入れた。弥一郎の前で足を止めて一礼する。

「お見苦しいところをお見せして、申し訳ございません。日本橋の乾物屋、旭屋の卯太郎でございます。どうぞお見知りおきくださいませ」

おせいに促され、卯太郎は小上がりに腰を下ろした。はなは若水で茶を淹れ、床几と小上がりに運ぶ。

弥一郎は腕組みをして、ぎろりとはなを睨みつけた。

「今年こそは村へ帰るよう、元日からおまえにきつく申し渡しておかねばと思い、正月休みを承知でやって来たのだ。田舎の山猿が新しい着物で浮かれておるとは夢にも思わなかったが、それよりも――」

弥一郎は小上がりを顎《あご》で指した。

「なぜ、おまえは、いつも騒動を引き起こすのだ」

「あたし、何もしていませんよ！　卯太郎さんは、宝船売りを探し歩いていらっしゃったんです」

弥一郎は眉《まゆ》をひそめた。

「宝船売りを探し歩いておった者が、なぜ店の前にうずくまるのだ」

「不運に打ちひしがれ、喜楽屋の前でとうとう力つきたのでございます……」

卯太郎は小上がりの床に手をつき、うなだれながら、悲愴《ひそう》な声を上げた。

「実は旭屋は、去年の暮れから幽霊に悩まされておりまして――大晦日の集金を無事に終え、めでたい気分で悪霊退散といきたかったのですが、そうは問屋が卸しませんでした。夕べ、幽霊がまた、しつこく店の前に現れたのです」

はなは眉間にしわを寄せ、おせいと顔を見合わせた。

「日本橋なんて賑《にぎ》やかなところにも、幽霊が出るんですか？」

「わたしは聞いたことがないわねえ。でも、旭屋さんに幽霊が出たら、あっという間に噂が広まりそうだけど」

卯太郎はいかつい顔をゆがめて半べそをかいた。

「広まらぬよう、あちこち手を回したんですよ。隣近所や町方の旦那《だんな》に口止めの品を贈ったりして、そりゃあもう大変でした。ですが、人の口に戸は立てられません。噂は少しずつ流れ出ております」

おせいが気遣わしげな目で卯太郎を見る。

「それは商いに差し障りますよねえ……でも、いったい、どうして幽霊が出るようになってしまったんですか？」

卯太郎は居住まいを正して語り出した。

「去年の師走《しわす》、うちの店の前で浪人同士が諍《いさか》いを起こしたんです。仔細《しさい》はわかりませんが、肩がぶつかったとか何とかで、引き連れていたやくざ者が暴れて、あっという間に大乱闘になりました。浪人二人も刀を抜いて、斬り合いに――」

卯太郎は胸のつかえを吐き出すように、大きなため息をついた。

「間がよかったのか、悪かったのか、浪人たちがとどめを刺し合う前に、大八車が猛烈な勢いで駆けてきて――浪人たちをよけ、うちの店に突っ込みました。町方の旦那が駆けつけてくださった時には、店の棚はめちゃくちゃ。浪人たちは蜘蛛《くも》の子を散らすようにいなくなってしまったあとで」

「でも、それじゃあ、お店の前で死人は出なかったんですね？」

はなが聞くと、卯太郎はうなずいた。

「店の者にも怪我はなく、壊れた棚を片づけて、騒動は終わりと思ったんですが。乱闘の翌日、浪人の一人が、後ろ傷がもとで死んだそうで」

後ろ傷とは、背後から敵に斬られた傷のことである。敵に背を向け逃げた証《あかし》とされ、武士にとっては大変な恥辱となる。

「無念だったんでしょうねえ。成仏の道を歩めず、後ろ傷を負った場所に、夜な夜な現れるようになってしまったんです。お経を上げても駄目、口寄せや陰陽師《おんみょうじ》を呼んでも駄目。魔よけの護符も、お清めの塩も、何の効き目もありませんでした」

卯太郎は湯呑茶碗《ゆのみぢゃわん》を握りしめ、一気に茶を飲み干した。

「普段通りに商いができるよう懸命に努めても、幽霊が足を引っ張るんです。幽霊を見た者はちらりほらりと増えていき、不吉な店の品は駄目だと、客足が遠のき始めました。このままでは店が傾き、おれの縁談も潰《つぶ》れてしまいます」

卯太郎は湯呑茶碗を床に置き、しょんぼりと背中を丸める。猟師の罠《わな》にかかった熊や猪を思わせる、哀れな顔だ。

「幽霊が出るお店には嫁げないって、相手の方に言われたんですか？」

「てるさんは、約束通り嫁ぐと言ってくれています。しかし、鰹節《かつおぶし》屋の娘なもんで、あちらの身内から反対の声が上がってしまいまして」

おせいが納得顔でうなずいた。

「縁起物を扱うお店ですものねえ」

鰹節は縁起担ぎの語呂《ごろ》合《あ》わせで「勝男武士」という字を当てられ、祝儀にも使われる。

「うちの店でも縁起物を扱っていますから、不吉な家とは縁を繫《つな》ぎたくないという、あちらの言い分もわかるんです」

卯太郎は思い詰めた顔で目を伏せた。

「現に、旭屋の小豆《あずき》など使えぬと、買った品を叩《たた》き返してきたお客もいます。魔を滅するはずの豆に、とんでもないけちがついたと——めでたい赤飯に、幽霊が出る店の小豆など入れられるものかと、大変お怒りになられて」

　もち米に赤い豆である小豆を混ぜ、小豆の煮汁で赤く色づけした赤飯は、祝い事に多く使われる。赤い色には魔よけの力があると、古くから信じられてきたためだ。

「いい初夢を見たら救われる気がして、今朝から必死で宝船売りを探したんですがねえ……どこにもいませんでしたよ」

　卯太郎は弱々しい笑みを浮かべて、じっと押し黙る。

　はなは新しい茶を淹《い》れながら、卯太郎を元気づける術《すべ》がないかと思案した。

「邪気払いの若水で淹れたお茶をたくさん飲んで、幽霊退治ができればいいんですけどねえ……」

　調理場を見回せば、旭屋の小豆袋が目に留まる。

　店の前に現れた幽霊のせいで、けちがついたとはもったいない。味に変わりがないのなら、構わず食べてしまえばいいのに。

「旭屋さんの小豆、どんどん食べましょうよ！」

　はなは声を張り上げた。

「みんなで笑いながら楽しく食べれば、大丈夫。邪気も不運もはね返せますよ。美《お》味《い》しさに変わりがないとわかれば、きっとお客さんも戻ってくるはずです」

おせいが優しく微笑んで、はなの隣に立つ。

「はなちゃんの言う通りね。旭屋さんの小豆で、従兄弟煮《いとこに》でも作りましょうか。雑煮も作って、みんなで楽しく食べましょう」

従兄弟煮は、小豆と青物（野菜）などの煮物である。固くて火が通りにくい物から追い追い煮ていくので、語呂合わせで「甥《おい》と甥」の意味を持たされ、「従兄弟煮」と名づけられた。

「さあ、美味しい物作りますよ！」

牛蒡《ごぼう》、里芋、人参《にんじん》、大根――はなは青物を洗い、手際よく皮をむいて切っていった。その間に、おせいが若水をたっぷり使って小豆を茹《ゆ》でる。

牛蒡のあくと、里芋のぬめりを取って、火の通りにくい物から大鍋《おおなべ》に入れて煮る。具がやわらかくなったら豆腐と小豆を入れ、味噌《みそ》で味つけをする。

おせいが鍋の中を覗《のぞ》き込んだ。

「地方によっても作り方がいろいろあるみたいだけど、味噌の大豆と、煮物に入れる小豆を、豆の親戚《しんせき》に見立てて、従兄弟煮と呼ぶ説もあるんですって」

「へえ、おもしろいですねえ」

おせいが従兄弟煮の鍋を見ている間に、はなは雑煮を作り始めた。里芋と小松菜を下茹でして、餅《もち》を七輪であぶる。

雑煮の出汁《だし》を取るため鰹節を削ると、小上がりの卯太郎が「あぁ」と小さく声を上げた。

はながちらりと振り向けば、卯太郎は鼻の穴をひくひく動かして、においを味わうような顔で口を半開きにしている。目は鰹節に釘《くぎ》づけだ。

「てるさん……」

鰹節で思い出すのは、やはり鰹節屋の娘か。

だが、卯太郎の顔に浮かんでいたさっきまでの深刻さが薄れている。鰹節のにおいをすべて体の内に取り込もうとするように鼻から大きく息を吸い込む卯太郎の目《め》尻《じり》は下がり、口元は小さく微笑んでいた。

やっぱり美味しい物は元気が出るんだ――はなは鍋に醬油《しょうゆ》を注ぎ入れ、雑煮の澄まし汁を作った。

調理場に漂う醬油や味噌のにおいに、はなの腹がぎゅるりと鳴る。卯太郎に負けじと、はなも鼻から大きく息を吸い込んだ。

においだけでなく、早く舌でも味わいたい――ぐつぐつ煮える鍋の中を見つめ、はなはごくりと唾《つば》を飲んだ。

できあがった従兄弟煮と雑煮を小上がりに運び、みんなで囲む。弥一郎だけは土間の床几《しょうぎ》で黙って箸《はし》を動かしていた。

卯太郎は雑煮の椀《わん》に顔を寄せ、うっとり目を細めた。

「江戸の雑煮は、やっぱり醬油仕立ての澄まし汁ですなあ。何といっても、鰹出汁がいいですよ。たまりませんねえ」

はなは首をかしげる。鎌倉の村で食べていた雑煮も醬油仕立てだった。

「醬油じゃない雑煮があるんですか？」

「上方《かみがた》では、味噌仕立てです。それに、江戸では角餅ですが、上方では丸餅を入れます。以前、上方で年を越した時に食べました」

「へえ、卯太郎さん、上方で年越しなさったことがあるんですか」

はなが驚くと、卯太郎は照れたように笑った。

「乾物の仕入れ先をあちこち訪ね歩きましてね。しょっちゅう江戸を留守にしておりました」

「どうりで。あたしが卯太郎さんにお会いしたのは、昨日が初めてでしたものね」

はなは雑煮の汁を飲み、鰹出汁と醬油の深みを腹にくいっと落とし込んでから、餅をかじった。

餅の歯ごたえを感じると同時に、ほどよく絡みついた醬油の汁が、さらに箸を進ませる。小松菜と里芋は口の中でふわりと優しく歯に当たり、心をなごませた。

従兄弟煮の器を手に取り、まず大根を口に入れて嚙《か》むと、やわらかく煮えた大根から味噌の汁が舌の上にじわっと広がった。そこに大根の甘みが混ざり合う。

「あぁ、いい味ですねえ」

牛蒡や人参もやわらかく煮えていた。豆腐がふわりと口の中で優しく崩れる。

あっという間に器が空になった。

「はなちゃん、お代わりあるわよ」

「はいっ、いただきます！」

はなは、どんどん食べた。雑煮も従兄弟煮も、二杯、三杯と、お代わりを続ける。

卯太郎が驚いた顔で目を見開いた。

「はなさん、すごいですねえ。よく食べるとは噂に聞いていましたが、いや、これほどとは」

「お恥ずかしいです」

と言いながら、はなは食べ続けた。

「はなさんの食べ方は、背筋をしゃんと伸ばして、綺麗《きれい》ですねえ」

感心した卯太郎の声が、はなの耳をくすぐった。良太にも、同じように褒められたことがある。

「それにしても、楽しく食べれば邪気も不運もはね返せるというのは、本当かもしれません。おれ、何だか力が湧いてきましたよ」

はなは笑ってうなずいた。

「旭屋さんの小豆は美味しいですよ。幽霊なんかに負けちゃ駄目です。叩き返された小豆がまだ残っているなら、節分の豆撒《まめま》きみたいに、通りに撒いてみたらどうですか？　魔を滅する豆の力で、幽霊を追い払ってくれるかもしれませんよ」

「そりゃいいや。店の者みんなで、笑いながら撒いてみます」

卯太郎は笑みを浮かべながら、弥一郎にも話しかけた。

「お武家さまも、邪気払いの行事などはきっちりなさいますのでしょうか。町人とは違うしきたりが、たくさんおありなのでございましょうねえ。正月も、お武家さまはご挨拶回《あいさつまわ》りでお忙しいと伺いましたが――」

「挨拶回りなど、おれには不要だ」

卯太郎が言い終える前に、弥一郎はぴしゃりとさえぎった。

「上役である小石川御薬園奉行は、おれの遠縁でな。くどくど挨拶の口上を述べずともよい間柄なのだ。ついでに申せば、利き腕を怪我して以来、縁談も途絶え、義理をつくさねばならぬ家もない」

「さ、さようでございましたか——いらぬことを申し上げました。申し訳ございません」

　卯太郎が気まずそうに首を縮めた。はなは弥一郎の右腕をちらりと見やる。

　かつて右腕の筋を断られた弥一郎は、傷が治ったあとも、思うように刀を振るえなくなってしまったという。日常の暮らしにあまり支障がなくとも、いざという時に刀が使えぬのなら、武士にとっては相当な深手だ。

「何だ、その哀れみの目は」

　弥一郎が心底から嫌そうに顔をしかめて、はなを睨《にら》んだ。気がつけば、はなは同情のこもった目でじっとり弥一郎を見つめてしまっていた。

「縁談が途絶えたといっても、おれが選《え》り好みをし過ぎた経緯《いきさつ》もあるのだ。大食いのせいで男に捨てられたおまえとは、まったく違う」

　はなは、むっと唇を尖《とが》らせた。

「何度言ったらわかっていただけるんですか。あたしは捨てられたんじゃありません。良太さんは、きっと何か事情があって、黙って家を留守にしたに違いないんです」

「負け惜しみを申すな。良太と出会う前だって、どうせ村の者たちに大食いを呆《あき》れられ、行き遅れていたのであろう」

「そっ、それは——」

事実である。

返す言葉を失ったはなに、弥一郎の勝ち誇ったような眼差《まなざ》しが突き刺さった。

はなは箸を握りしめ、従兄弟煮《いとこに》を頬張る。弥一郎の嫌みに、めげてたまるか。美《お》味《い》しい物をたくさん食べて、元気を出すのだ。

遠くから、物売りの声が聞こえてくる。

「お宝ぁ〜、お宝ぁ〜」

卯太郎が勢いよく立ち上がった。

「宝船売りだ！　おれ、買ってきます！　みなさんの分も買って、すぐ戻りますからっ」

卯太郎は大急ぎで通りに飛び出していった。

旭屋の幽霊騒動が気になって、翌早朝、はなは日本橋室《むろ》町へ向かった。

正月二日の朝ともなると、棒手振《ぼてふり》たちが颯爽《さっそう》と通りを行き交い始めている。まだ人通りはまばらだが、そのうち店の戸も開いて、初売り目当ての客たちが押し寄せるだろう。

大店《おおだな》の立派な門松がいくつも並ぶ通りを足早に抜け、旭屋に着くと、店の前で弥一郎と卯太郎が話し込んでいた。

はなに気づくと、弥一郎は腕組みをして眉間《みけん》にしわを寄せた。

「弥一郎さま、どうしてここに」

「きっとおまえが旭屋の様子を確かめにくると思ったのだ。何にでも首を突っ込む馬鹿女だからな。目付役のおれとしては、放っておけまい。それより、見ろ」

弥一郎が不機嫌そうな顔で店の壁を睨む。その目線を追うと、壁に赤黒い染みがついていた。

「何ですか、この染み」

「血だ」

「えっ！」

はなは思わず大声を上げた。

「いったい、何でこんなところに血が――」

卯太郎が青ざめた顔で首を横に振る。

「わかりません。門松も、あんなになって」

はなは旭屋の門松を見上げた。二階の屋根まで届く背丈の笹を束ね、その足元に松飾りを添えてある。喜楽屋の門松よりも雄大だ。

だが笹の枝が何本か折れて、途中からぶらりと垂れ下がっている。

はなは眉《まゆ》をひそめた。

「なんで笹が折れているんでしょう？　あんな高いところ、誰かが手を伸ばしても届かないし。夕べは、枝を折るような強い風もなかったですよね」

卯太郎は唸《うな》りながら首をかしげる。

「小豆《あずき》を撒いた時は何事もありませんでした。店の者と一緒に通りをぐるりと見回りましたので、間違いありません。ですが、家中が眠りについた深夜になって、野良猫がうるさく鳴きわめく声で目を覚ましましたら、不審な物音が上がりまして」

「不審な物音って、どんなですか？」

「店の壁に何かぶつかったような音です。それと、ぎゃあっという男の悲鳴も」

卯太郎は壁の血と折れた門松を交互に見た。

「提灯《ちょうちん》を手に外へ飛び出しましたが、誰もおりませんでした。門松が折れているのに気づき、気味が悪くなったので、すぐ家の中へ戻りまして。朝になり、撒いた小豆を片づけに外へ出た奉公人が、血の跡に気づいたのです」

はなは通りを見渡した。壁の血の染みと、門松の折れた笹がなければ、のどかな正月の朝だ。

不意に門松の陰から猫が二匹飛び出してきた。猫たちは口に白い物をくわえている。通りにごろんと寝転びながらも口から放さず、二匹で引っ張り合って遊んでいた。

「旭屋さんの飼い猫ですか？」

「いえ、野良猫です。近頃よく見かけるようになりました。――あれは手拭《てぬぐ》いでしょうか。どこかの家から持ってきてしまったんですかねえ」

はなは猫たちにそっと近寄ってみた。二匹の猫は手拭いに夢中でじゃれついている。人を怖がるそぶりはまったくない。

はなはしゃがみ込み、がしっと手拭いをつかんだ。二匹の猫が動きを止める。手拭いの端と端をくわえたまま、これはおれのおもちゃだから手を引けと言わんばかりに、はなを睨んでくる。

はなは負けじと睨み返した。

「ちょっと見せてよ」

猫たちはさっと目をそらし、手拭いを口から放した。もう興味は失《う》せたという顔で、どこかへ走り去っていく。

はなは立ち上がり、手拭いを大きく広げた。元気に泳ぐ鰹《かつお》の柄だ。

「これにも血がついてますね」

はなが手拭いの端を指すと、卯太郎が目を見開いた。

「それは、沖田屋《おきたや》さんの手拭い……」

血の染みの近くには、沖田屋の屋号が入っていた。

はなは手拭いに顔を寄せ、においを嗅《か》いでみる。言われてみれば、かすかに鰹節のにおいがするような――。

「鰹節のにおいが染み込んでるから、猫は手拭いをくわえてたんでしょうか」

卯太郎が手拭いを手に取り凝視する。

「猫といえば――沖田屋さんの手代が猫好きで、よく野良猫に餌をやっていると聞きました。鰹節の削りかすまで与えるから、店の中に猫が入ってこようとして困ると、店主の勘兵衛《かんべえ》さんが怒っていて」

「じゃあ、その手代さんに話を聞きにいきましょうよ！　もし手拭いが手代さんの落とし物だったら、夕べここを通りかかって、何か見ているかもしれませんよ」

「そうですね。ここで手拭いを眺めていたって、らちが明かない。沖田屋さんに行ってみましょう」

はなたち三人は足早に室町を出て、小舟町《こぶなちょう》にある沖田屋へ向かった。

沖田屋の店先には野良猫がたむろしていた。

まだ幼い店の小僧が箒《ほうき》でしっしと追い払おうとしても、猫たちは逃げない。時折面倒くさそうに立ち上がって、座る場所を変えるだけだ。

「精が出るなぁ」

卯太郎が声をかけると、小僧はかしこまった辞儀をする。

「猫好きの手代はいるかい？」

「吉之助《きちのすけ》さんでございますか」

「うん、そうだ、吉之助だ。いたら、呼んでくれ」

「かしこまりました」

小僧は店の中へ駆けていく。

ほどなくして、若い男が外へ出てきた。頭と手に細く折ったさらしを巻いている。

「あっ、その怪我――！」

はなは思わず男を指差した。男はむっと顔をしかめる。

卯太郎が割り込むように、一歩ずいっと前へ出た。

「手代の吉之助だな？ 急に呼び出してすまないが、この手拭いに心当たりはないかい。沖田屋さんの屋号が入っているんだが」

卯太郎は懐にしまっていた手拭いを取り出して、折り畳んだまま吉之助に見せた。

「野良猫がくわえていたんで、おまえさんのじゃないかと思ってなぁ」

吉之助の顔がほっとゆるんだ。

「ああ――わたしの手拭いです。ありがとうございます。捜していたんですが、見つからなくて」

吉之助は手拭いに向かって手を伸ばす。だが卯太郎は渡さない。

卯太郎は手拭いをはらりと広げ、血の染みを見せつけるように掲げ持った。吉之助の顔色が、さっと変わる。

「手拭いについているのは、おまえさんの血かい」

「いえ、違います」

「おまえさん、これをどこで落とした？」

「わかりません。気がついたら、なくなっていて」

「これは旭屋の前で野良猫がくわえていたんだ」

「じゃあ小舟町から室町まで、猫が運んでいったんじゃないんでしょうか」

「おまえさんのその怪我は、いつ、どこで」

「知りませんったら！」

吉之助は大きく息をついて、手拭いから目をそらした。

明らかに、おかしい——はなは腕組みをして、吉之助をじいっと見た。

吉之助の足元に、野良猫がしっぽをぴんと立てて寄ってくる。猫は構ってほしそうに、すりすりと吉之助の足にまとわりついた。吉之助は猫を見下ろして、ふっと口元をゆるめる。

だが吉之助が相手をしないので、猫はつまらなそうにふいっと顔をそむけてどこかへ行ってしまった。吉之助が寂しそうに見送る。

はなは吉之助の目線の先に回り込んだ。

「本当に猫が好きなんですね」

吉之助は口元を引きしめ、きつい目ではなを見下ろした。

「だから何ですか」

「きっと優しい人なんでしょうね」

「知りませんよ。そんなの」

「夕べ、旭屋さんの前に行ったんじゃありませんか？　手拭いも、その時に落としたんでしょう？　どう見ても、知らないって様子じゃありませんよね。旭屋さんの前で何か見て、それを隠してるんじゃないですか？」

「いったい、わたしが何を見たっていうんです」

「それは、その——幽霊とか」

吉之助の肩がぎくりと跳ね上がった。

「やっぱり何か知ってますよね⁉　教えてください！　卯太郎さんは今、幽霊騒動に悩まされて、そのせいで大事な縁談が壊れそうなんです。浪人の幽霊について何か見聞きしたことがあるなら、話してください。手がかりがつかめるかもしれないから！」

はなは吉之助の肩をつかんで揺すった。

「吉之助さんだって、てるさんには幸せになってほしいでしょう⁉　大事なお嬢さんの縁談が壊れてもいいんですかっ」

卯太郎も手を合わせて懇願する。

「頼む、教えてくれ！　うちの店の前で何があった⁉」

吉之助は苦しそうに顔をゆがめる。

「やめてください。わたしは何も――」

「店先で何の騒ぎだ」

通りにぴしりと響く声がした。一同は、はっと口をつぐむ。

店の中から白髪交じりの男が出てきた。上等な羽織をまとい、威厳ある立ち姿で悠然と歩み寄ってくる。吉之助の顔から、しゅんと力が抜けた。

卯太郎が深々と頭を下げる。

「勘兵衛さん、お騒がせして申し訳ございません。旭屋の前に、この手代の手拭《てぬぐ》いが落ちておりましたので、届けに参りました。この手拭いには血がついておりますが、実は旭屋の外壁にも血がついておりまして――」

沖田屋店主の勘兵衛は、ぴくりと眉《まゆ》を動かした。

「旦那《だんな》さま、わたしは」

言いかけた吉之助を、勘兵衛は鋭いひと睨《にら》みで黙らせる。

「往来でする話ではございませんな。奥で伺いましょう。お連れさまもどうぞ」

勘兵衛に促され、はなたちは鰹節《かつおぶし》が香る店の中を通り抜けて、磨き上げられた廊下の先へと足を進めた。

奥の座敷へ案内されて、はなはそわそわと腰を下ろした。

こぢんまりした部屋だが、高級そうな掛軸や花が飾られている。もし万が一よろけて花瓶など壊したら大変だと、はなは腹に力を入れて居住まいを正した。

上座の弥一郎は平然とした顔で、刀を右に置いて座っている。卯太郎も部屋には無関心な様子で、ただ戸の近くに座っている吉之助だけをじっと見ていた。

勘兵衛が沈黙を破る。

「どういうことだ、吉之助。おまえは夕べ、怪我をして帰ってきた。どこで何をしてきたのかと思っていたが、まさか旭屋さんへ行ったのではあるまいな」

吉之助は黙って目の前の畳を睨み、顔を強張《こわば》らせている。勘兵衛が焦《じ》れたように身をよじった。

「吉之助っ、答えろ！」

吉之助はびくりと身を縮めた。かたくなに閉ざされていた唇がわなわなと震え、幼い子供のように半べそをかく。

「も、申し訳ございません――」

吉之助は畳に手をつき、ひれ伏した。勘兵衛は襟を正して吉之助に向き直る。

「謝らねばならぬ事態だと認めるのだな？　卯太郎さんが持ってきた手拭いは、おまえの物で間違いないか」

吉之助は再び口をつぐんだ。ひれ伏したままじっと動かず、まるで甲羅の中に身を隠した亀のように押し黙っている。

勘兵衛は厳しい目で吉之助の背中を見すえながら、問いを重ねていった。

「手拭いの血は、おまえの血か？　旭屋さんの壁の血も、おまえの血なのか」

一向に答えようとしない吉之助に、勘兵衛はぎりりと奥歯を噛《か》みしめた。

「おまえ、まさか、旭屋さんの幽霊騒動に関わっているのではあるまいな⁉　ええい、言わぬかっ」

勘兵衛の叫びに、吉之助はふるふると小刻みに背中を震わせた。

「わ、わたしは、夕べ――」

吉之助がしぼり出した言葉の続きは、すぐ嗚咽《おえつ》にかき消される。息を詰まらせるように泣く吉之助の姿に、勘兵衛は瞑目《めいもく》した。

「嘘は許さぬぞ。正直に答えろ」

勘兵衛が拳《こぶし》を固めて立ち上がる。

「このところ様子がおかしいとは思っていたのだ。その怪我だって、酔って廁《かわや》で転んだなどと嘘をつきおって」

吉之助はのろのろと顔を上げた。

「嘘ではございません」

「いいや、嘘だ。おまえは何かをごまかそうとする時、鼻に手をやる癖があるのだ。夕べも頭から血を流しながら、何度も鼻を触っておったぞ」

吉之助は頰に残る幾筋もの涙の跡をそのままに、呆然《ぼうぜん》と勘兵衛の顔を見た。

「おまえのことは、子供の頃から見ておるのだ。わたしの目をあざむけると思うな」

吉之助は気まずそうに目を伏せる。

「いったい、なぜ――」

勘兵衛は吉之助に詰め寄った。

「なぜ、旭屋さんを苦しめる真似をしたのだ。いったい、何の恨みがあって」

「初めから、気に食わなかったのでございますよ」

腹の底から引きずり出したような声が吉之助の口から漏れた。

「旭屋の若旦那《わかだんな》が、お嬢さまの縁談相手に決まってから、ずっと」

吉之助の声に気圧《けお》されたように、勘兵衛がよろりと一歩下がる。

「おまえ、もしや、てるのことを——」

「ご奉公に上がった時から、お慕いしておりました」

吉之助は居住まいを正して、しっかと勘兵衛の顔を見た。

「お嬢さまを望むなど、わたしには分不相応な願いだとわかっております。けれど、あきらめねばと思えば思うほど、どうしてもあきらめたくないという気持ちが湧き上がり、おのれの心をどうにもできなくなってしまったのでございます」

吉之助の目から涙がぽたりと落ちる。

「飲み仲間の売れない役者が、仲間を集めて大芝居を打ってくれました。けど、夕べはとうとう、幽霊騒動を仕組んだ罰が当たったんでしょうか」

吉之助は自嘲《じちょう》の笑みを浮かべながら、頭のさらしに手を当てた。

「石につまずいて派手に引っくり返り、旭屋さんの大きな門松を倒してしまいました。仲間と一緒に門松を立て直し、慌てて逃げたのですが——このざまです」

勘兵衛は目頭を押さえる。

「おまえがうちに来たのは、九つの時であったな。あんな昔から、おまえはてるを想っていたのか」

「はい」

吉之助は通り過ぎた昔を眺めるように、天井を仰いだ。

「九つの時に親元を離れてからずっと、この沖田屋で育てていただきましたが、なかなか仕事を覚えられずに涙する夜もございました。店の周りをうろつく野良猫を眺め、時折撫《な》でるのが唯一の慰めになりまして」

吉之助の口元に、ほんのり小さな笑みが浮かぶ。

「店の掃除をした時に集めた鰹節の削りかすを隠し集め、こっそり野良猫に与えるようになりましたのは、旦那さまもご存じの通りです。叱られて、やめたふりをしながらも、隠れて餌をやり続け――お嬢さまは餌やりをやめるようわたしを諭しながらも、助けてくださいました。野良猫が産んだ子のもらい手を探してくださったり、怪我した猫の手当てをしてくださったり」

吉之助は膝《ひざ》の上で両手の平を広げた。まるで、その手の平の上に猫を載せているかのように、柔らかく目を細める。

「お嬢さまと、猫と、わたしと――日だまりの中、ずっと一緒に過ごせたらいいのにと、わたしは叶《かな》わぬ夢を見てしまったのでございます」

奉公人にとって、主《あるじ》の娘は手の届かぬ高嶺《たかね》の花だ。嫁いでしまえば、もうめったに会うことも、口を利くこともないだろう。

「添い遂げられぬお人でも、お嬢さまの笑顔を見ていられればそれでいい——そう思ってきたつもりでしたが、いざお嬢さまの嫁ぎ先が決まると、耐えられなくなりました」

吉之助は目に力を入れて、挑むように卯太郎を見た。

「旭屋の若旦那は、しょっちゅう江戸を留守にしていると聞きました。そんなお方が、お嬢さまを守り、幸せにできるのでしょうか。お嬢さまのためを思えば、わたしは——お嬢さまのためなら、何でも——」

「それは違う！」

吉之助の言い分に、はなは思わず声を上げた。首を横に振り、吉之助の想いに呑《の》まれそうになった気持ちをしゃきっとさせる。

「お嬢さんのためだなんて、嘘。お嬢さんの気持ちも考えないで、都合よく物事を見て、自分の欲を通そうとしただけなんじゃないの!?　手に入らぬのなら、いっそ全部壊してしまえと捨て鉢になって、幽霊騒動を起こしたんじゃないの!?」

「あんたに何がわかるんだ！」

「じゃあ、吉之助さんはお嬢さんの気持ちをわかってると言うの⁉　お嬢さんの気持ちをちゃんと確かめた⁉」

「お嬢さまの気持ち……？」

吉之助は呆然と首をかしげた。

「卯太郎さんが言ってたよ。『てるさんは、約束通り嫁ぐと言ってくれています』って」

はなは卯太郎に目を向けた。

「卯太郎さんは、お嬢さんの気持ちをちゃんと確かめたんでしょう？」

卯太郎は大きくうなずいて立ち上がり、じっと吉之助を見下ろした。

「てるさんは、おれと一緒に旭屋を守ると言ってくれた。たとえ親類縁者のすべてに反対されようと、おれに嫁ぐと言ってくれた。何があっても、おれは絶対に、てるさんを守り抜いてみせる！」

きっぱり言い切った卯太郎を、吉之助は啞然《あぜん》と見つめた。

勘兵衛が大きく息をついて、疲れたように再び腰を下ろす。

「しかし、今度は旭屋のみなさんが何ておっしゃるか……」

勘兵衛は卯太郎に向かって手をつき、深々と頭を下げた。

「旭屋さんには多大なるご迷惑をおかけいたしまして、まことに申し訳ございません。この吉之助は、お縄になって当然の真似をいたしました。これは吉之助の所業を止められなかった、わたしの落ち度でございます」

「勘兵衛さん、頭を上げてください」

卯太郎に促されても、勘兵衛は深々と頭を下げ続けている。

「幼い頃から見てきた吉之助の、てるへの気持ちに、わたしは気づけなかった。もっと早く気づいていれば、何か手の打ちようがあったかもしれないのに——何もかも、悔やまれてなりません」

勘兵衛は畳に額をすりつけた。

「厚かましいお願いとは存じますが、吉之助にお目こぼしをいただけませんでしょうか。もちろん、このまま沖田屋に置いてはおけません。吉之助には暇を出します。江戸を離れ、郷里でやり直す機会を与えてやってはいただけませんでしょうか」

がたんと音を立て、部屋の戸が外から開いた。

薄紅色に格子柄の着物をまとった娘が戸口に立ち、潤む目で部屋の中を覗《のぞ》き込んでいる。

娘は部屋の中に駆け込むと、勘兵衛の横に並んで座り、卯太郎に向かって頭を下げた。

「わたしからもお願いします。どうか、お縄にだけは――」

「てるさん」

卯太郎は呼びかけながらひざまずき、てるの頬にそっと手を当てた。弾《はじ》かれたように顔を上げたてるの目には涙が浮かんでいる。

「幼い頃、初めに猫に餌をやったのは、わたしだったんです。わたしが叱られないように、吉之助は黙って一人で餌をやり続け――わたしと吉之助は、ずっと一緒に育ってきたんです」

卯太郎はてるの腕をつかみ、引っ張り上げて、ともに立ち上がった。吉之助にちらりと目をやり、勘兵衛に向き直る。

「幽霊騒動の真相は、今この場にいる者だけの胸にしまっておきましょう」

勘兵衛が畳に手をついたまま顔を上げる。

「しかし、それはあまりにも虫のいい――幽霊騒動の解決は、どうなさいます？」

卯太郎は困り顔で眉根《まゆね》を寄せた。

「うーん。新年になったら、幽霊は出なくなったということで」

「折れた門松は問題になりませんでしょうか。やはり縁起の悪い店だと、悪評がひどくなったらどうします」

「うーん……」

卯太郎が重苦しい唸《うな》り声を上げる。

長い唸り声は座敷の中に響き続け、はなもつられて「うーん」と唸りそうになった。唸るのを我慢していると、何だか息苦しくなってくる。

はなは自分の両頰をぺしぺしっと叩《たた》いた。

こういう時こそ邪気払い——若水で淹《い》れた濃い茶を飲んで、甘い小豆《あずき》でも食べ、気を取り直したい。

「そうだ、小豆のおかげにしましょう！」

一同の目がはなに集まった。はなはにっこり笑う。

「卯太郎さん、夕べ小豆を撒《ま》いたでしょう？　魔を滅する豆で、幽霊を退治したことにすればいいんですよ。旭屋さんの豆はやっぱりすごいと広まれば、きっと小正月の小豆粥《がゆ》に、また旭屋さんの小豆を使ってもらえますよ」

正月の十五日に小豆粥を食べると邪気払いになると云われており、人々は健康を願って小豆粥を食べている。

卯太郎が両手をぽんと打ち鳴らした。

「そりゃあいいや。『旭屋の小豆で幽霊退治』と瓦版《かわらばん》に書かせて、町中にばら撒きましょう！　きっと、お客もすぐに戻ってきてくれますよ」

てると勘兵衛は顔を見合わせ、ほっと安堵《あんど》の笑みを浮かべる。

「うっ、うう――」

吉之助が顔を両手で覆い、声を上げて泣き出した。泣きながら両手を畳について、深々と頭を下げる。

「わたしは旭屋の若旦那《わかだんな》を見くびっておりました。旭屋さんには本当に、申し訳ないことをいたしました。謝って済むことではありませんが――申し訳ございませんでした――」

弥一郎が立ち上がった。

「これで幽霊騒動も幕引きだな」

弥一郎は座敷を出て、すたすたと廊下を歩いていく。

「あっ、待ってくださいよ！　あたしも帰ります！」

はなは卯太郎たちに一礼すると、急いで弥一郎のあとを追った。

喜楽屋の前まで戻ると、弥一郎が戸口で立ち止まった。

「明日から店開けであろう。おせいに迷惑をかけぬよう、しっかり励むのだぞ」

「弥一郎さま、お茶を召し上がっていかれませんか？」

「いらぬ」

弥一郎がはなに背中を向けた時、店の中からおせいが顔を出した。

「あら、弥一郎さま、寄っていらしてくださいな。はなちゃんの帰りを待つ間に、旭屋さんの小豆で粒餡《つぶあん》を作ったんです。豆腐に載せて食べますから、ご一緒にどうぞ」

「豆腐に粒餡!?」

はなと弥一郎の声が重なった。思わず顔を見合わせると、弥一郎が嫌そうな顔をする。

おせいは、ふふっと微笑んだ。

「銀次と一緒に、たまに食べてたんですよ。店を終えたあと、疲れて甘い物が無性に食べたくなった時に、銀次が『饅頭《まんじゅう》食いてえ』って言い出して。でも木戸が閉まった深夜だったから、買いにはいけない。店に小豆と砂糖があったから、餡子《あんこ》を作ろうってことになって」

「それで豆腐に餡子を載せたんですか？」

首をかしげるはなに、おせいは笑ってうなずく。

「牡丹餅《ぼたもち》は、もち米を餡子で包むでしょう。だったら豆腐と餡子でもいけるんじゃないかって話になってね。やってる人は、他にもいるかもしれないわねえ」

「あたしは初めて聞きました。村では、砂糖なんてめったに使えなかったし。ごくたまに、餡子たっぷりの饅頭をもらったことはありましたけど――」

はなは店の中に駆け込んだ。餡子と豆腐を一緒に食べたら、いったい、どんな味がするだろう。早く食べてみたくて、そわそわする。

調理台に用意された三つの器がすぐ目に入った。

「弥一郎さまの分もありますよ！」

はなは大声を上げて戸口を振り返った。弥一郎は戸惑い顔で目を細めている。

「幽霊騒動のあとは、甘い小豆で邪気払いと思って、用意して待ってたんですよ。さ、どうぞ」

再度おせいに勧められ、弥一郎は店の中へ足を踏み入れた。

はなは器に豆腐をよそう。その上に、おせいが少し緩めに作った粒餡を載せた。

「はい、でき上がり」

粒餡豆腐を小上がりに運び、火鉢に当たりながら三人で食べる。

粒餡と豆腐を一緒に口に入れると、まず餡の甘さが口の中に広がって、そのあとを豆腐のさっぱりしたなめらかさが追いかけた。

「うーん」

小豆の粒を噛《か》みしめると、口の中でほろりと崩れた。粒餡の甘さが控えめなので食べやすい。

「これ、どんどん食べられますねえ」

「お代わりあるわよ」

「いただきますっ」

はなは次々とお代わりをして、粒餡豆腐を平らげた。

「相変わらず、よく食う女だ……」

弥一郎の呆《あき》れ顔も気にしない。

火鉢で暖を取りながら、ほどよく冷えた、ほどよい甘さの粒餡豆腐を頬張るのは、とても贅沢《ぜいたく》な気分だった。

いつの間にか、吉之助の片恋の哀れさも、粒餡豆腐の陰に隠れている。

「やっぱり、美味《おい》しい物はありがたいですねえ」

はなは茶を飲みながら、ふと頭に浮かんだ良太の武家姿をまぶたの向こうに追いやった。もし良太が本当に武士だったら――なんて、今は考えても仕方ない。

不安に負けそうになった時は、美味しい物を食べれば大丈夫。きっと大丈夫。美味しい物は、はなに元気をくれるから。

はなは口角を引き上げて、にっこり笑った。

「小豆をいっぱい食べたから、きっといい初夢が見られますねえ。昨日卯太郎さんが買ってくれた宝船の絵と一緒に、良太さんの似顔絵も枕の下に置いて寝たら、初夢の中で良太さんと会えるかもしれません」

「そう都合よく会えるはずがあるまい」

弥一郎が刺々《とげとげ》しい声を出す。

「だいたい、似顔絵などで良太を見つけようとしても無駄だぞ。似たような顔の男は山ほどおるに違いない。何か目印になるような、目立つ傷や黒子《ほくろ》でもあるのか」

「それは――ありません」

「では、やはり無理だな」

「無理じゃありません。あたしは信じます！」

願いが天に通じたのか、その夜、はなは良太の夢を見た。

夢の中で、はなは良太と一緒に大鍋《おおなべ》いっぱいの粒餡を頬張っていた。

良太さん、いったい今までどこにいたの。どうして、あたしを置いて黙って出ていったの。これからは、ずっと一緒にいられるの？

聞きたいことは山ほどあるのに、もぐもぐ小豆を嚙むのに忙しく、なかなか口を開けない。はながしゃべろうとすると、良太が微笑みながら箸《はし》で粒餡をはなの口に入れてくる。

はなは断れずに食べ続け、やがて良太の笑みと粒餡の甘さで身も心もいっぱいになり――聞きたいことも忘れてしまった。

良太と一緒に美味しい物を食べられれば、それだけで幸せなのだと、夢の中でもそう思えた。

「猫を一匹引き取ってもらえませんか」

そう言って卯太郎が喜楽屋に顔を出したのは、初夢から三日目の夜だった。

暖簾《のれん》をしまおうと、はなが表へ出ると、店の前で卯太郎が大きな籠《かご》を背負って立っていた。最後の客が帰るのを待っていたらしい。

卯太郎は籠を地面に置いて、訴えるようにはなの顔を見る。

「吉之助が餌を与えていた野良猫なんですが――沖田屋さんの店先に集まり過ぎた

んで、もらい手を探しているんです。人の手から餌をもらい慣れた猫なので、邪険に追い払うのもかわいそうで」

はなが覗《のぞ》き込むと、黒っぽい背中の猫が籠の底で縮こまって震えていた。

おせいも戸口に出てきて、籠の中を覗き込む。

「あら、まあ……とりあえず、中へどうぞ」

土間に籠を移して、改めて猫を覗き見た。

「他の猫はどうしたんですか？　沖田屋さんの前にいっぱいいましたよね」

「手分けして、もらい手を探しました。今日は四匹もらわれていったんですが、こいつだけが残ってしまって」

猫の耳がぴくっと動いた。自分のことを言われているとわかっているみたいだ。

「どうもこいつは気が弱くて、人にも猫にも自分から近寄らないんです。こっちから近づけば触れるし、嚙んだりもしないんですが」

卯太郎は籠の中に手を突っ込んで、ひょいと猫を抱き上げた。

「わあっ、可愛い！」

雉虎《きじとら》模様の猫だ。くりっと大きな黄色い目で、はなを見上げる。

はなはそっと手を伸ばし、撫《な》でてみた。猫はおとなしく、じっとしている。

おせいも猫に手を伸ばして撫で始めた。

「昔、長屋で飼っていた猫に、よく似てるわ」

「どうぞ抱いてやってください」

卯太郎がおせいに猫を渡す。おせいは慣れた手つきで猫を抱きかかえた。

「どうです、もう一度、猫を飼ってみませんか」

「でも、うちは飯屋ですからねえ……」

「試しに二、三日、置いてみませんか。悪さするようだったら、すぐまた引き取りますから」

おせいは困ったように猫を見た。猫はおせいの腕の中で、じっとうつむいている。

「おまえ、いたずらしないかしら？」

おせいが顎《あご》を撫でると、猫はわずかに顔を上げて「にゃ」と小さく鳴き声を上げた。か細い声が、はなの胸をきゅんとくすぐる。

「うちでも二匹引き取ったんですが――こいつだけ餌を横取りされたり、しつこく追い回されたりで、一緒に飼うのは難しいようなんです」

言いながら、卯太郎はじっとおせいの顔を見る。おせいは困ったように眉根《まゆね》を寄せて、じっと猫を見下ろした。

「じゃあ、試しに二、三日だけ……」

「ありがとうございます！」

卯太郎はさっと籠を背負い直した。

「よかったなあ、おまえ。うんと可愛がってもらうんだぞ。先の曲がったこのしっぽで、幸せを引っかけるんだ」

はなは猫のしっぽに顔を近づけた。確かに、長いしっぽの先がほんの少しだけ曲がっている。

「先の曲がったしっぽの猫は、短いしっぽの猫と同じく、猫又にならないと言われていますから、お二人とも安心してください」

しっぽの長い猫は、長生きをするとしっぽが二股《ふたまた》に分かれて猫又という妖怪《ようかい》になり、悪さをするという言い伝えがある。

「では、よろしくお願いいたします」

卯太郎は猫の頭をがしがしっと撫で、笑顔で足早に帰っていった。

おせいが不安そうに猫を抱きしめる。

「本当に大丈夫かしら……はなちゃん、猫を飼ったことはある？」

「飼ったことはないですけど——あたしも一生懸命、世話しますから」

おせいは調理場と腕の中の猫を交互に見やった。

「うちで飼えるかはっきりするまでは、名をつけないでおきましょうね。情が移ってしまったら、もし駄目だった時につらくなるから」

「はい」

はなは猫と目を合わせた。

「仲よくしよう。ねっ？」

猫はふいっと目をそらす。はなは猫の顔を両手で包み、撫でさすった。

「ちゃんといい子にするんだよ。店の物をいたずらしたら、あんた、ここにはいられなくなるんだからね。わかった？」

そう言いながら、はなは手の平に伝わる柔らかな温《ぬく》もりをいつまでも撫でていたいと思ってしまった。

おせいが覚悟したようにうなずく。

「三日の間、様子を見て決めましょう」

「はい」

はなとおせいは、いつまでも土間で猫を撫で続けていた。

第二話　思い出うずみ

「何だ、これは」

店の戸を引き開けて入ってきた弥一郎は、そのまま戸口で固まった。

まだ店開け前、客のいない土間で餌を食べている雉虎猫を見下ろして、眉間《みけん》にしわを寄せる。

はなは床几《しょうぎ》を拭《ふ》いていた手を止め、首をかしげた。

「何って――猫ですけど」

「見ればわかる。この猫はどうしたのかと聞いておるのだ」

弥一郎は猫から目を離さぬまま、そっと床几に腰を下ろした。

調理場にいたおせいが茶を運んできて、猫を預かった経緯《いきさつ》を語る。

そこへ卯太郎が現れた。

「これは岡田さま、先日はまことにありがとうございました。おかげさまで、てるさんとの縁談も順調に進んでおります」

はなは卯太郎の茶を淹《い》れようと、湯呑茶碗《ゆのみぢゃわん》を用意した。

「あっ、もしできましたら、おれには出汁《だし》をいただけませんか」

「出汁!?」

「ええ。鰹節《かつおぶし》屋と縁続きになるんで、ここ最近は茶の代わりに鰹出汁を飲んでいるんです」

卯太郎は頬を赤く染めて照れ笑いを浮かべながら、拝むように両手を合わせて身をくねらせた。

おせいが苦笑しながら、はなにうなずく。

「ちょうど、わたしが取ったばかりの出汁があるから、お出ししてちょうだい」

「はい」

はなは湯呑茶碗に鰹出汁を入れ、卯太郎に運んだ。

卯太郎は一礼して受け取ると、立ったまま鰹出汁を口に含み、口の中で転がすようにひと口飲んだ。

「あぁ――ほっとする味ですねぇ。やっぱり鰹出汁はいいですよ。出汁を取ったあとの鰹節だって使えます。よく水気を切って炒《い》り、ちょっと垂らした醬油《しょうゆ》で味つけして、炒り胡麻《ごま》と一緒に炊き立ての飯の上に載せれば、何杯でも飯が食えます」

卯太郎は鰹出汁をもうひと口、もうふた口と、飲み続ける。

「かつて駿河《するが》まで行った際に漁村で食べた、生節《なまりぶし》も食べたくなりますねぇ」

はなは首をかしげる。

「それって、どんな食べ物ですか？　名に生とつくからには、やわらかい食べ物なんでしょうか」

「切り分けた鰹の身を蒸して、生干しにした物です。鰹節と違ってやわらかく、包丁で切ると身がほろほろ崩れてしまうんですよ。おれは手でほぐして食べてましたね」

「手でほぐして、そのまま口に入れるんですか？」

「醬油をちょっとつけて食べてもいいんですけど――ほぐした身を飯の上に載せて、鰹出汁をかけ、茶漬けにしても美味《うま》かったですねぇ」

卯太郎はうっとり目を閉じた。

「駿河の漁師たちと一緒に、海風に吹かれながら食べた、鰹の生節茶漬け……あれは格別だったなあ」

はなはごくりと唾《つば》を飲む。卯太郎の背後に海が広がり、ざざんと大波が見えた気がした。はなも鰹出汁を飲みたくなる。

卯太郎は鰹出汁を飲み干すと、餌を食べ終えて毛づくろいしている猫を見下ろした。

「ところで、昨日で丸三日経ちましたけど。どうです？　このままこいつを置いていただけそうですか」

おせいが笑みを浮かべてうなずく。

「おとなしくて賢い子ですから、大丈夫でしょう。うちで引き取りますよ」

「ああ、よかった。ありがとうございます」

弥一郎が猫を凝視して眉《まゆ》をひそめた。

「たった三日で何がわかるのだ。置いてやると決めたとたんに豹変《ひょうへん》し、本性を現して暴れ出すやもしれぬぞ。客を引っかいたら何とする」

「きっと、この子は大丈夫ですよ」

はなは猫を抱き上げ、弥一郎の前に立つ。

「今だって、近くで鰹出汁のにおいがしても騒がなかったじゃありませんか。この子、店にお客さんがいる間は、魚を焼くにおいがしても、二階から下りてこないんです。商売の邪魔しちゃいけないって、ちゃんとわかってるみたいですよ」

はなが顎《あご》を撫《な》でてやると、猫は心地よさそうに喉《のど》を鳴らした。三日の間に、はなとおせいにはずいぶん慣れた。

「本当に、いい子なんです。弥一郎さまも抱いてみませんか？」

「いらぬ」

弥一郎は顔をしかめながら、しげしげと猫を眺め回した。

「雄か。ずいぶん痩《や》せておるな。目がぎょろりと大きくて、こはく卵のようではないか」

「こはくって、簪《かんざし》の飾り玉なんかに使われる宝玉のことですよね？　じゃあ、こはく卵っていうのは、こはくで作った卵の置き物か何かですか」

「置き物ではない。食べ物だ。こはく卵とは、卵の糠味噌《ぬかみそ》漬けである。黄身がこはくのような色になるので、こはく卵と言う。塩を使った作り方もあると聞いたが」

「食べ物なんですか！」

はなは猫の目をじっと見た。

「こはく――」

猫が小さく「にゃ」と鳴いた。

「この子、自分の名は、こはくだと思ったんでしょうか」

「何を馬鹿なことを」

「いや、本当に自分の名だと思ったのかもしれませんよ」

卯太郎が口を挟む。

「岡田さまも、猫をお飼いになりませんか？　もらわれていった先で、六匹も子を産んだ猫がおりまして。子猫の引き取り手を探しているんです。大きくなったら、鼠退治をしてお役に立つかもしれません。よろしければ、二匹でも三匹でも」

卯太郎の声をさえぎって、通りに男の怒鳴り声が響いた。

「たわけたことを申すなっ。さっさと帰れ！　おまえについて来られては、迷惑だっ」

弥一郎が立ち上がり、店の戸を薄く引き開けた。猫はぶんっとしっぽを振って、二階へ駆け上がっていく。

腰高障子のすぐ向こうに、白髪まじりの年老いた武士が一人、こちらに背を向けて立っている。焦茶色の半袴《はんばかま》は色あせて、いかにも薄っぺらそうだ。時折揺れる袴の裾《すそ》が頼りなげに見える。

まるで貧乏浪人といった風情だが、背筋をぴっしり伸ばした後ろ姿は勇ましく、これから合戦に向かう老兵かと思われるような気迫をみなぎらせていた。

その向こうで目を潤ませているのは、見るからに上等な薄梅鼠《うすうめねず》の着物をまとった、まだ若い武家の奥方だ。梅に鶯《うぐいす》の裾模様が、奥方の清楚《せいそ》な美しさによく似合っている。

老いた武士は拳《こぶし》を震わせて怒り声を出した。

「おまえと一緒に食う飯など、もうない！　さっさと屋敷へ帰れ！」

武家の奥方が胸の前で両手を握り合わせる。

「父上、どうか、そんな寂しいことをおっしゃらずに……」

はなは耳を疑った。あの二人が親子とは——身なりが違い過ぎる。

「うるさい！　黙れ！　早《はよ》う帰れ！」

「父上……！」

老いた武士が骨ばった拳を振り上げる。風呂敷包《ふろしきづつ》みを抱えて奥方の後ろに控えていた下女が、奥方をかばうように一歩前へ出た。

「奥さま、ここはひとまずお戻りを」

「でも」

店の前に野次馬たちが集まり始める。棒手振《ぼてふり》や鳶《とび》の男たちが好奇の目でじろじろと、まだ若い奥方と下女を舐《な》めるように見た。二人は周囲を見回して、ひるんだようにに身を寄せ合う。

これじゃ気の毒だ――はなは思わず箒《ほうき》を持って飛び出した。

「店開けはまだだよ！　うちで食べるんなら、出直してちょうだいっ」

はなは大きく箒を動かして、野次馬たちを追い払う。

店の前から野次馬がいなくなると、はなは老いた武士を睨《にら》みつけた。

「ちょっと！　事情はわかりませんけど、こんなところで怒鳴りつけるなんてひどいんじゃ――むぐっ」

叫ぶ途中で、後ろから大きな手に口を強く押さえられた。口を押さえられたまま振り向くと、弥一郎がじろりとはなを睨みつけている。

「はな、おまえは黙っていろ」

有無を言わせぬ眼差《まなざ》しに、はなは思わずうなずいた。弥一郎は、はなから手を放すと、老いた武士に向き直る。

「武井《たけい》どの、お久しぶりでございます」

「む、岡田か――」

「はい。千登勢《ちとせ》どのも、お元気そうで」

どうやら既知の仲らしい。武井の顔から、わずかに力が抜けた。千登勢も、ほっと安堵《あんど》したような顔になる。

「いやはや、これは見苦しいところを見られてしまったな。千登勢のやつ、嫁いだ身で足繁くわしのもとへ通ってくるものでな。そうたびたび実家へ帰るものではないと、きつく叱っておったのだ」

「さようでございましたか」

「きさまは、なぜ、ここに」

「この喜楽屋は、それがしが贔屓《ひいき》にしておる一膳飯屋《いちぜんめしや》なのでございます」

「ほう。きさまに行きつけの店などあったのか」

武井の腹がぐーっと小さく鳴った。武井は顔を赤らめる。

「店から漂ってくるよいにおいに、腹をつつかれたわ」

弥一郎は店の中を振り返る。

「おせい、店開け前だが、何か頼めるか」

「はい。あらかた支度はできておりますので、どうぞ」

弥一郎はうなずいて、千登勢に向き直った。

「お父上は、それがしがお借りいたす。今日のところはお帰りになられよ。駕籠《かご》をお呼びいたそうか」

「いえ。ご聖堂《せいどう》（湯島《ゆしま》聖堂）近くの屋敷でございますゆえ、歩いて参ります」

千登勢は深々と頭を下げて、下女とともに去っていった。

そそくさと通りへ出てきた卯太郎も、足早に帰っていく。

「では、おれもこれで。また猫の様子を見にきます」

はなは急いで箒を片づけ、おせいとともに調理場へ入った。


弥一郎と武井は小上がりの奥に腰を下ろした。

「こちらは武井信頼《のぶより》どのだ。昔おれが剣道場で世話になった方でな」

武井は苦笑いを浮かべて片手を振る。

「世話になったなどと申しておるが、稽古《けいこ》をつけてもらったのは、わしのほうよ」

「何をおっしゃいます。――武井どのは今、お一人で？」

「うむ。佐久間《さくま》町の貧乏長屋に一人住まいをしておる。千登勢が昨年、嫁いだものでな」

はなが運んだ酒を、弥一郎が武井の杯に注ぐ。

「ご聖堂近くの屋敷ならば、佐久間町から近いですな。千登勢どのは、一人になった武井どのを案じて通ってくるのでしょう」

「だが、嫁ぎ先は旗本でな」

弥一郎の眉《まゆ》がぴくりと動いた。

「では千登勢どのは、家格の釣り合うしかるべき家の養女となり、お旗本に嫁がれたのですか」

「うむ。すべて先方が手はずを調えたのよ」

武井はぐいっと酒をあおる。

「情けないことに、わしは千登勢の嫁入り支度も何もしてやれなんだ。わしのような貧乏浪人がいつまでも親面をしておっては、婚家もよい顔をすまいと思い、わしは千登勢を養女に出した時から縁を切ったつもりでおる」

弥一郎は静かに武井の酒を注ぎ足した。

「千登勢は、神田明神へ詣《もう》でた際に見初められてな。旗本自らわしのような者に頭を下げて、正妻にしたいと言われれば、快諾するしかあるまい。あの世の妻も、喜んでおろう」

「ご内儀を早くに亡くされてから、男手ひとつで千登勢どのを育ててこられたのでしたな」

「たいしたことはしておらぬ。昔も今も、内職で小銭を稼ぐ甲斐性《かいしょう》なしよ。……千登勢にもずいぶん苦労をかけたが……嫁いでくれて安堵いたした」

静まり返った店の中に、弥一郎と武井の話し声が響く。耳にしんみり入ってきた話に聞こえないふりをして、はなは笑顔で風呂《ふろ》吹き大根と煮しめを運んだ。

「お待ちどおさまです。今、湯やっこもお持ちいたしますね」

武井が顔を上げる。

「豆腐か……」

「お嫌いですか？」

「いや、そうではない」

武井は何か思案するようにうつむいた。しばし黙り込んでから、顔を上げる。

「うずみ豆腐にしてくれぬか」

「はい――煮た豆腐をご飯の下にうずめた、うずみ飯のことでございますか？」

「うむ。豆腐は醬油《しょうゆ》で煮てな。その残り汁を少し薄めて飯の上からかけ、茶漬けにしてくれ」

「かしこまりました」

はなは調理場に入った。調理場で話を聞いていたおせいが、すでに鰹出汁《かつおだし》の支度に取りかかっている。

はなは豆腐を食べやすい大きさに切り、おせいが作った醬油汁の中に入れて煮た。味が染みたら豆腐を椀《わん》に入れ、その上から白米を盛って、豆腐をうずめる。薄めた煮汁を飯の上からかければでき上がりだ。

はなは小上がりにうずみ豆腐を運んだ。武井は懐かしむように目を細め、じっと椀の中を見つめる。

「米がない時は、朝から晩までずっと豆腐ばかり食っておった。豆腐を見てみじめになる時は、ほんの少しの飯で豆腐を隠し、うずみ豆腐にしてな。千登勢は不満もこぼさず、美味《おい》しい美味しいと笑いながら食っておったわ」

武井はうずみ豆腐を勢いよくかっ込んだ。箸《はし》が椀に当たり、かつかつと小さな音を立てる。その音は、はなの胸に小さな痛みを伴って切なく響いた。

うずみ豆腐を注文した武井は、箸をせっせと動かしながら、娘との思い出を掘り起こしているように見えた。

箸を持つ武井の武骨な手が、ふと、はなに亡き父を思い出させる。

鎌倉の村で親子三人暮らしていた時は、大根でよく、かて飯《めし》（野菜などを加えて量を増やした飯）を作って食べていた。

武井親子は豆腐のかて飯、はなたち親子は大根のかて飯――身分は違えど、貧しい暮らしの中で食べてきた物に、何だか親しみが湧く。

「お嬢さま、お寂しいとおっしゃってましたね」

「む？」

武井の箸が止まる。

「あたしは両親を二人いっぺんに亡くしました。だから、会いたくても、もう会えません。でも、もし、今も生きてたら――つらい時や、寂しい時に、ものすごく会いたくなると思うんです」

はなは思わず問い詰めるように言ってしまった。

「娘が実の父親に会いたくなった時に、何で、会いにきちゃいけないんでしょうか」

武井の眉尻《まゆじり》が困ったように下がる。はなは、はっと我に返った。

「ごめんなさい。あたし――お武家さまの決まりも何も知らないのに――」

「いや、よいのだ」

武井は酒をちびりと舐《な》めるように飲んだ。

「そなたの両親は、もうこの世にはおらぬか……」

「はい」

「会いたい時におらぬのは、つらいな」

「はい」

「亡き妻が生きておったら、もっと上手《うま》く千登勢に声をかけてやったであろうに」

武井は大きく息を吐き出して、ふと階段の上に顔を向けた。つられてはなも見上げると、猫が階段の上からじっと店を見下ろしていた。

「お客さんがいらしてるから、今は下りてきちゃ駄目だよ」

はなが声をかけると、猫は身をひるがえして二階の奥へ消えた。

「ほう、賢い猫だな。飯屋で飼われている身と心得ておるのか」

はなはおせいと顔を見合わせた。

臆病《おくびょう》で人前に出られないだけだと思うが、暖簾《のれん》を出している間は店に下りてこないよう、猫を躾《しつ》けられないだろうか。階段の上に衝立《ついたて》を置いたらどうか——などと、はなは案を巡らせる。

「猫の名は何と申す」

武井がはなを見た。

「まだ決まっていないんです。飼い始めたばかりで」

「早く決めてやらねば、かわいそうではないか」

武井の目が非難がましく尖《とが》る。猫が好きなのだろうか。往来で娘を怒鳴り飛ばすなど、気難しい爺《じじい》と思いきや、実は気さくで優しい人物なのかもしれない。

「ええと――こはくっていう名はどうでしょうか。さっき弥一郎さまが、あの子の目はこはく卵のようだとおっしゃったんです」

おせいは二階を振り仰ぎ、じっと考え込んでからうなずいた。武井も満足そうにうなずく。

「可愛がってやれば、招き猫になってくれるやもしれぬぞ」

弥一郎が顔をしかめながら首をかしげた。

「何だ、岡田は猫が嫌いか」

「好きではありませぬな」

「懐けば可愛いと思うがのう」

「まとわりつかれてはたまりませぬ」

「きさまらしいのう」

武井は笑いながら、弥一郎の杯に酒を注ぎ足した。

その翌日、はなが店の暖簾を出したばかりのところへ、千登勢が訪ねてきた。風《ふ》呂《ろ》敷《しき》包《づつ》みを抱えた下女を連れている。

「昨日は店の前でご迷惑をおかけいたしました」

はなに向かって千登勢が深々と頭を下げる。

「やめてください、そんな」

千登勢は顔を上げると、切羽詰まったような顔ではなを見た。

「あの……父はあれから、どうしておりましたでしょうか。ちゃんと食べておりましたでしょうか」

すぐ帰りそうにない様子の千登勢に、はなは暖簾をいったん店の中に戻した。

「外で立ち話も何ですから、中へどうぞ」

「お邪魔をして、申し訳ございませぬ」

はなのあとに続いて、千登勢と下女も店の中に入ってくる。

おせいが小上がりに茶を運んだ。同席を遠慮した下女は風呂敷包みを抱えたまま床几《しょうぎ》の脇に立っている。

「こちらには、岡田弥一郎さまがよくいらっしゃるそうですが、父もたまには顔を出すのでしょうか」

　はなとおせいは小上がりの前に並び立ち、顔を見合わせた。

「弥一郎さまはしょっちゅういらっしゃいますが、武井さまは昨日が初めてでございました」

　おせいが告げると、千登勢はわずかに顔を曇らせた。

「そうですか……では、岡田さまは次にいつおいでになるかわかりますか？　昨日お会いした時は、まだ店開け前でしたが」

　おせいが困り顔で首をかしげる。

「いついらっしゃるか、わたしどもにはわからないんですよ。朝いらっしゃる日もあれば、夜いらっしゃる日もありますし。連日おいでになるかもわかりません」

　落胆した顔で肩を落とす千登勢に、おせいが進言する。

「ご用がおありでしたら、小石川御薬園をお訪ねになってみてはいかがでしょうか」

「お役宅に押しかけるのも、気が引けてしまって……」

　千登勢は下女が持つ風呂敷包みに目をやった。

「それをこちらへ」

下女は風呂敷包みを小上がりに置き、また床几の脇へ戻った。

「お正月に贈答の品としていただいた塩鮭と、当家に青物を納める百姓が持って参りました産み立ての卵です」

武家の贈答品として、塩の利いた荒巻き鮭はよく使われている。

「父に食べてもらいたいと、昨日も長屋へ持っていったのですが……拒まれ、追い返されてしまいました。親子の縁はもう切れたと……」

悲しげに目を伏せる千登勢の姿に、はなは拳《こぶし》を握り固めた。

「でも、お嬢さま——いいえ、あの、奥さま」

「千登勢でよいのですよ。わたくしも、つい昨年までは、神田の貧乏長屋に暮らしておりました」

はなは躊躇《ちゅうちょ》してから、うなずく。

「では、千登勢さま——武井さまは、夕べ、千登勢さまとの思い出が詰まったうずみ豆腐を召し上がっていらっしゃいました」

千登勢が目を見開く。

「父が、うずみ豆腐を？　あんな物はもう食べたくないと、以前申しておりましたのに」

「湯やっこをお出ししようとしたら、うずみ豆腐にしてくれって、ご自分からおっしゃったんです」

「そうですか……父が……」

千登勢は風呂敷包みにそっと手を添えた。

「実は、この塩鮭と卵を父に届けていただけるよう、岡田さまにお願いしたかったのです。わたくしからでは受け取ってもらえませんので」

固く結ばれた風呂敷包みの結び目が、はなの目に悲しく映る。千登勢は早く包みをほどいて、武井に鮭と卵を食べさせたいだろうに。

不意に店の外から声がした。

「旭屋の卯太郎です」

はなは千登勢に断りを入れ、店の戸を開ける。

「まだ暖簾が出ていないのに、すみません。猫の様子を見にきたんですけど――昨日は、あれからどうなりました？」

卯太郎はひょいと戸口から店の中を覗《のぞ》いた。すぐ千登勢と下女に気づいて、ばつが悪そうな顔になる。

「すみません。お取り込み中でしたか」

小上がりの千登勢が腰を浮かせた。

「よろしいのですよ。わたくしはもう帰りますから」

卯太郎はかしこまって一礼する。

「いえ、てまえのほうこそ、またあとで寄らせてもらいますので」

卯太郎が背負った籠《かご》の中から「にゃあ」と猫の鳴き声がした。はなが覗き込むと、籠の中に三毛猫が二匹入っていた。

「沖田屋の店先をうろつく猫が、まだいたんですよ。運よく、もらい手がすぐ見つかりましてね。これから届けにいくところです」

「そうですか。うちの子は、こはくという名に決まりましたよ。いたずらもせず、元気に過ごしてます。今は二階で寝てますけど、餌もちゃんと食べてますよ」

「そりゃあよかった。じゃあ、おれはこいつらを小石川まで届けてきます。ついでに岡田さまのところにも寄らせていただいて、子猫を引き取っていただけないか、もう一度ちゃんと聞いてみますよ」

「弥一郎さまのところに行くんですか⁉」

「ええ。岡田さまがご無理でも、どなたか引き取ってくれそうなお心当たりがあれば、ご紹介いただけないかと思いまして」

はなはおせいを見た。おせいがうなずいて、戸口まで出てくる。

「卯太郎さん、弥一郎さまに、どうか今日中に喜楽屋へおいでくださいと、お願いしていただけませんか」

「それはお安いご用です。お言伝《ことづて》があったほうが、おれもお訪ねしやすいですし」

卯太郎は足早に小石川へ向かった。

千登勢が小上がりで居住まいを正す。

「ご親切に、ありがとうございます。わたくし、岡田さまに文を書きますので、岡田さまがいらしたら、どうかこの包みと一緒にお渡しくださいませ。本日はあまり長く屋敷を空けるわけにはゆきませんので」

「でも、もし弥一郎さまが今日ここにいらっしゃれなかったら――」

心配するはなに、千登勢はにっこり微笑んだ。

「その時は、どうぞお二人で鮭と卵を召し上がってくださいませ。食べ物ですので、悪くなっても困りますゆえ」

「はあ……」

「実は、この中には飴《あめ》も入っているのですが」

千登勢は思い詰めたような目で風呂敷《ふろしき》包《づつ》みを見つめた。

「その飴だけは、何とか父に渡していただきたいのです」

「飴——ですか」

武井の好物なのだろうか。

千登勢は無言でうなずいて、下女が用意した紙と筆を手にした。さらさらと流れるように文字を綴《つづ》っていく。

千登勢がしたためたのは、思いのほか長い手紙だった。


昼飯時の混雑を避けるようにやってきた弥一郎は、床几《しょうぎ》に腰を下ろして千登勢からの手紙を読むと、難しい顔つきになった。

「頼まれ事がふたつ……」

弥一郎は手紙を握りしめたまま、じっと考え込むように腕組みをする。はなは首をかしげた。

「武井さまにこの包みを届けてほしいっていうお願いだけじゃないんですか？」

「うむ。塩鮭と卵を武井どのに食べさせ、寺子屋で教える話を受けるよう説得してくれと書いてある」

手紙では、飴のことに触れていないらしい。

弥一郎は手紙を懐にしまった。

「千登勢どのの婚家ゆかりの寺で、貧しい子供たちに読み書きを教える手習い師匠を探しているらしい。寺の庵《いおり》に住み込めば、住職たちが何かと世話を焼いてくれるであろうし、千登勢どのも今より武井どのに会いやすくなると書いてある」

「よかったですねえ。ちょくちょくお会いできる場所にいれば、お互い安心ですよね」

「だが武井どのは、娘の嫁ぎ先の世話になどならぬと断ったそうだ」

はなは、うずみ豆腐を見つめていた武井の姿を思い返した。

「千登勢さまの嫁ぎ先って、おっかないところなんですかねえ。武井さま、『わしのような貧乏浪人がいつまでも親面をしておっては、婚家もよい顔をすまい』って、おっしゃってましたけど」

「婚家の者はみな武井どのの一人暮らしを案じているが、武井どのが妙な意地を張って打ち解けようとしないのだと、千登勢どのは書いてきた」

はなは眉間《みけん》にしわを寄せ、唇を尖《とが》らせた。

「どうしてでしょう」

「知らぬ」

弥一郎が立ち上がった。

「ともあれ、鮭と卵を届けるしかあるまい」

風呂敷包みを手に佐久間町へ向かう弥一郎を見送って、はなとおせいはひと息ついた。

昼の賄《まかない》に、七輪で鯵《あじ》の干物を焼く。

「でも、よかったわ。弥一郎さまがすぐにいらしてくださって。いくらどうぞと言われても、お預かりした物をいただくのはちょっとね」

「そうですよねえ」

はなは返事をしながら、七輪の上の鯵の干物を引っくり返した。香ばしい鯵のにおいを嗅《か》ぎながら、頭の中に鮭の切り身と卵を思い浮かべる。鯵だけでなく、鮭も卵も食べたくなってきた。

「武井さまは、鮭と卵をどうやって食べるんですかねえ。やっぱり焼き鮭と、煮抜き卵（固ゆで卵）でしょうか」

はなの頭の中は、焼き鮭の切り身と煮抜き卵でいっぱいになる。

「日本橋で倒れて養生所に泊めていただいた時、賄中間の彦之助《ひこのすけ》さんが弁当を作ってくれたんですけど、その中に美味《おい》しそうな煮抜き卵が入ってたんですよねえ。けっきょく弁当は食べ損なっちゃって、もったいないことをしました」

遠い昔の思い出も、はなの頭によみがえってくる。

「塩鮭は、小さい頃、村のみんなで年取り魚（年越しの食膳《しょくぜん》にめでたい品として出される魚）に食べたことがあります。その年は、村の畑を荒らす猪や鹿がたくさん出たんで、男衆が総出で捕まえて、江戸のももんじ屋（獣肉を売る店）へ売りにいったんです。その金で、塩鮭を買って、村のみんなで分けて。七輪で焼いて食べた切り身は、美味しかったなあ」

塩鮭の甘じょっぱさが、はなの口の中によみがえる。はなは湧き出る唾《つば》を飲み込んだ。

「全部いっぺんに食べるのはもったいないから、少しずつ大事に食べて、最後は皮についた焼き鮭の身を丁寧にはがして、冷や飯の上に載せて茶漬けにしました」

「鮭の皮の端っこが、かりっと焼けたところも美味しいのよねえ」

「はい！　鮭味の煎餅《せんべい》みたいでした」

「ふふっ。卵も村で食べてた？」

「はい、ごくたまに。卵は――」

言いかけたはなの頭に、流行《はや》り病で死んだ両親の顔がよみがえる。

「卵は、流行り病で倒れた両親の見舞いに、庄屋《しょうや》さまがくださったのを思い出します。庄屋さまのお屋敷で鶏を飼ってたんで、採れたての大きな卵を持ってきてくださったんです」

「そう……」

「卵粥《たまごがゆ》を作ったら、何も食べられなかった両親がひと口、ふた口と食べて——美味しいって、笑ったんです。両親が物を食べて笑ったのは、あれが最後でした」

おせいは声もなく、ただうなずいた。

「全部食べきれなかった卵粥の残りは、あたしがぺろりと食べちゃいました」

はなは明るい声を出した。

「ふんわりした卵の優しい甘みが舌の上にとろりと載って、美味しかったなあ」

おせいは静かに微笑んで、作り置いてあった握り飯を小上がりに運ぶ。

「そういえば——はなちゃん、子ごもり鮭というのを聞いたことがある？」

「いえ。何ですか？」

「塩引き鮭のお腹に、塩漬けにした鮭の卵を入れて作るんですって。わたしは見たことがないけど。お大名も召し上がるお品だそうよ」

「へえ。じゃあ、とんでもなく高級な鮭なんでしょうねえ。腹に卵を入れるから、子ごもり鮭ですか」

　はなは焼き上がった鰺の干物を小上がりに運んだ。

「千登勢さまの想いが詰まった鮭と卵を、武井さまに美味しく食べていただきたいですよねえ」

「そうね」

　小上がりで握り飯を頰張っていると、弥一郎が戻ってきた。先ほど持っていった風呂敷《ふろしきづつ》包みを手にしている。

「武井さま、お留守だったんですか？」

「いや。受け取っていただけなかったのだ」

「え――じゃあ、どうするんですか」

　弥一郎はいまいましそうに顔をしかめて、はなを睨《にら》んだ。

「もう一度行く。おまえも来い。昨日の様子では、おまえが武井どのを泣き落とすのが一番よいであろう」

「えっ、そんな」

　弥一郎は小上がりに風呂敷包みを置くと、じろりとはなを見下ろした。

「さっさと昼飯を食え。ぐずぐずしておるのであれば、その鰺をこはくにやってしまうぞ」

弥一郎に急《せ》かされ、はなは大慌てで握り飯と鯵の干物を平らげた。

筋違橋《すじかい》を渡って右に曲がり、佐久間町へ入る。はなは渡された風呂敷包みを抱え、ずんずん前へ進んでいく弥一郎の背中を急ぎ足で追った。

裏木戸をくぐり、どぶ板とともに延びる路地を奥へ進むと、ごみ溜《た》めの近くに武井の住まいがあった。

九尺二間《くしゃくにけん》の棟割長屋だ。間口が九尺（約二・七メートル）、奥行きが二間（約三・六メートル）で、一室およそ三坪の広さである。

「武井どの、お邪魔いたす」

弥一郎が腰高障子を引き開けると、武井は畳の上にごろんと横になっていた。

狭い土間に、小さな台所。四畳半の畳敷きの隅には、畳んだ布団を隠す枕屏風《まくらびょうぶ》が立てられている。

「何だ、また来たのか」

武井は不機嫌な声を出して、むくりと起き上がった。しかめっ面で弥一郎を見やり、弥一郎の後ろに立つはなに気づいて目を見開く。

「はなを連れてきおったか。泣き落とそうとしても無駄だぞ」

見抜かれている——はなは眉間《みけん》にしわを寄せ、弥一郎を見上げた。弥一郎は目線を合わせず、はなを武井の前に押し出す。

押されて土間に踏み入ったはなは風呂敷包みを畳に置いた。

「千登勢さまからお預かりした、塩鮭と卵です」

飴《あめ》のことはあえて口にしなかった。千登勢が手紙に書かなかったことを、弥一郎の前で話してよいかわからない。

「いらぬ。そなたにやる」

「いただけません」

はながきっぱり断ると、武井は立ち上がり、風呂敷包みを戸口の外に置いた。

「帰れ」

武井がはなの肩をつかむ。ぐいっと敷居の外へ押し出されそうになり、はなは足を踏ん張った。

「嫌です。帰りませんよ」

はなは武井の腕にしがみついて、部屋の中に入ろうともがいた。弥一郎が加勢して、後ろからはなの背中を押してくる。

「むうっ、きさまら、しつこいぞ」

「武井さまこそ、何でそんなに千登勢さまを拒むんですか!?　この鮭と卵を受け取っていただくまでは、あたし帰れませんよっ」

はなが叫ぶと、がたっと隣の部屋から物音がした。はなたち三人は、はたと動きを止める。

隣の戸口から、五〜六歳の少年がひょこりと顔を出して、こちらを見ていた。武井は気まずそうな顔で、はなから手を放す。

「長吉《ちょうきち》――」

武井に呼ばれたと思ったのか、長吉が外に出てきた。つぎはぎだらけの着物が寒そうだ。

長吉は戸口の脇に出された風呂敷包みをじいっと見下ろした。

「武井さま、これも千登勢さまが置いてっちゃったんですか？」

「う、ううむ――」

「今度は鮭と卵ですか？」

長屋の壁は薄い。はなたちのやり取りは、隣の長吉に筒抜けだったようだ。

「武井さま、鮭と卵が嫌いなんですか？　だから受け取れないの？」

長吉にまっすぐ見上げられ、武井はしどろもどろになった。

「うん、いや、それは——食いたくないといっても、嗜好《しこう》としてはわりと好ましいというか——だが、やはり受け取りたくないという気持ちがあって——」

「もったいないなあ。こないだの羊羹《ようかん》だって、すごく美味《うま》かったのに」

はなは武井と風呂敷包みを交互に見やった。武井の嫌いな物を、千登勢がわざわざ持ってくるはずがない。

はなの目線から逃げるように、武井はふいっと顔をそらした。

「武井さま、千登勢さまからいただいた羊羹を、この子にあげちゃったんですか？」

黙っている武井の代わりに、長吉が勢いよく答える。

「だって武井さま、甘い物がお嫌いだって言うんだもの。だから、おいら遠慮なくもらったんだよ！」

長吉は目をきらきらと輝かせ、期待に満ちた目で風呂敷包みを見つめている。

はなは思わず風呂敷包みを抱え上げた。飴も入っていると知られたら、ますます欲しがられるに違いない。

「武井さま、これは駄目ですよ」

はなが小声で告げると、長吉は残念そうに口をすぼめて眉尻《まゆじり》を下げた。長吉の顔を見て、武井も困ったように眉尻を下げる。

「しかし、そなたも受け取らぬというのであれば、長吉にやっても」

長吉の顔に、ぱっと嬉《うれ》しそうな笑みが浮かぶ。

「おいらにくれるの？」

裏木戸のほうから足音が近づいてきた。粗末な着物をまとった年増女《としまおんな》が小走りでやってくる。武井が顔を上げた。

「よね――仕立物を届けてきたのか」

「はい。ちょいと岩本町《いわもとまち》まで」

よねは軽く頭を下げながら、はなと弥一郎に怪訝《けげん》そうな目を走らせた。

「武井さま、あたしの留守中に、うちの長吉が何かいたしましたか」

「いや、長吉は何も」

「母ちゃん、武井さまが鮭と卵をくださるって！」

武井の言葉をさえぎるように長吉が叫んだ。

はなは風呂敷包みを持つ手に力を込める。

「いえ、このお品は、千登勢さまが武井さまにと――」

「こないだは羊羹もらったんだよ！」

よねは険しい顔になり、長吉を睨《にら》みつけた。

「おまえ、武井さまに物をねだったのかい」

「だって、母ちゃん」

「だってじゃない！」

きつく叫ぶよねに、長吉はびくりと身をすくめた。

「人様の物を欲しがるなんて、みっともない真似するんじゃないよっ」

「か、母ちゃん……」

よねは唇を嚙《か》みしめ、武井に向き直る。

「うちの長吉が、申し訳ございませんでした」

よねは帯の前で両手を握り合わせ、深々と頭を下げた。武井はうろたえた顔で首を横に振る。

「よね、何をするのだ。やめてくれ。長吉は悪くない。わしが勝手にやったのだ」

だが、よねは身じろぎひとつしない。ただじっと頭を下げ続けている。長吉はおろおろと揺れる目で母親を見つめた。

深く頭を下げているよねの表情は、はなから見えない。だが帯の前で握り合わせた両手の指には、ぐっと力がこもっていた。

人から物をもらうのが当たり前になれば、長吉の根性がさもしくなるかもしれない――よねは長吉の性根が腐ってしまうのを案じて、徹底して躾《しつ》けねばと決意を固めているように見えた。

「よね、頼むから頭を上げてくれ」

武井が何度促しても、よねは頭を下げ続けている。てこでも動かぬ様子のよねに、武井は大きなため息をついた。

「よね、すまぬ。わしが愚かであった。……わしは千登勢が持ってきた物を素直に食いとうなくて、食えぬと嘘をつき、長吉にやったのだ。長吉の喜ぶ顔を見て、よいことをしたのだとおのれに言い聞かせ、おのれの弱さから目をそむけた卑怯《ひきょう》者よ」

武井はがばりと頭を下げた。

「長吉には悪いことをした。この通りだ。許してくれ」

よねはほんの少し顔を上げ、頭を下げている武井を見ると、慌てて身を起こした。

「武井さま、やめてください。お顔を上げてくださいまし」

だが武井は顔を上げない。

「心に一点の曇りなく、長吉に美味い物を分け与えたいのであれば、よねの前で堂々とやるべきであった。陰でこそこそ物を食わせれば、裏表のある卑劣な者に育ってしまうやもしれぬ。わしは、とんでもない間違いを犯すところであった」

「武井さま……」

よねは目を潤ませてうなずいた。

よねと長吉はぴったりと並んで隣へ帰っていく。

「母ちゃん、ごめんよ」

腰高障子が音を立てて閉まると、薄い壁の向こうから長吉の声が聞こえてきた。

「もういいんだよ」

よねの優しい声が小さく響く。

はなは武井に笑いかけた。

「武井さま、喜楽屋へ行きましょう。あたし、精一杯、美味《おい》しい物を作りますから」

武井は真一文字に口を結んで宙を睨んだ。

「あっ、そうだ、風呂敷包《ふろしきづつ》みの中には飴《あめ》も入っているんです」

「飴だと？」

「はい。その飴だけは何とか武井さまに渡してほしいって、千登勢さまがおっしゃってました」

武井は怪訝な顔をしながらも、風呂敷包みを畳の上でほどいた。中に入っていた紙の包みを武井が開けると、飴の鳥が出てきた。葦《よし》の茎の先に鍋《なべ》で溶かした飴をつけ、吹いて膨らませながら鳥の形にした飴細工である。

獣や草花など様々な形が作られる飴細工だが、小鳥の形に作られることが多いので、飴細工は「飴の鳥」と呼ばれている。

武井が手にした飴の鳥は、雄鶏《おんどり》の形をしていた。

「千登勢のやつ、覚えておったのか……」

武井は飴の鳥を見つめて肩を震わせた。

「昔、母親の手を引っ張って飴の鳥売りのもとへ走る子供を、千登勢がうらやましげに眺めておってな。飴が欲しかったのか、母親が恋しかったのか――千登勢は何も言わなんだが、わしはその時、飴の鳥を無性に買ってやりたくなったのだ」

武井は飴の鳥を胸に抱くように、紙の包みごと両手でそっと握り持った。

「店賃《たなちん》(家賃)が払えなくなるのでいりませぬと言い張る千登勢に、わしは無理やり飴の鳥を持たせた。ひよこの形をした飴でな。雄鶏とひよこをふたつ買えば、ちょうど親子の飴になったのだが、わしはひとつしか買ってやれなかった。そうしたら千登勢が、雄鶏の飴は、わたくしが大人になったら父上に買って差し上げますと、生意気なことを言いおって――」

武井は飴の鳥をしっかと握りしめて目を閉じた。

「やはり親子の縁は切れぬか」

飴の鳥を額に押し当て、武井はしばらくの間じっとしていた。

やがて飴の鳥を額から離して部屋の隅に置くと、武井は通りへ踏み出した。

「はな、そなたに料理を作ってもらおう」

「はい！」

佐久間町から喜楽屋へ向かいながら、はなは鮭と卵で何を作ろうかと考えた。

父を想う千登勢の心が伝わる料理は何だろう――親子のためのひと品は――。

喜楽屋へ帰ると、おせいが待ち構えていた。弥一郎と武井を小上がりに案内して、いそいそとはなを調理場へ引っ張っていく。

「はららご（魚の卵）を用意してみたんだけど、どうかしら」

「これ――鮭の卵ですか」

「ええ。鮭の卵の塩漬け（筋子）よ。さっき子ごもり鮭の話をしてから、ずっと考えてたの。はらごを、千登勢さまの鮭と一緒に武井さまに食べていただいたらどうかと思ってね。ほんの少しだけど、政五郎《まさごろう》さんに頼んで用意してもらったのよ」

政五郎は、日本橋本船町《ほんふね》に店を構える魚屋だ。死んだ銀次と懇意にしていた縁で、何かと喜楽屋を助けてくれる。

「はららご汁でも作って、焼き鮭と一緒にお出ししましょうか」

はなは首をひねる。

「どうせなら、同じ器に入れてお出ししたいですねえ。子ごもり鮭にはできなくても、鮭とはららごの親子を寄り添わせて――」

「じゃあ、卵はどうしましょうか」

小声で相談していると、武井に呼ばれた。

「鮭と卵を長吉にも分けてやりたいのだが――煮るなり焼くなりして、持ち帰れぬであろうか。よねに気を遣われても困るので、凝った料理にはしなくてよい」

今度は堂々と、よねに渡すのだという。

「では、鮭の切り身はただ焼いて、卵は茹《ゆ》でておきましょうか」

「うむ。それがよい。頼む」

「かしこまりました」

はなは調理場に戻りながら、武井の品をどうしようかと思案した。鮭も卵も、長吉一家の土産にする分を除けば、武井の分が少なくなってしまう。

はなはおせいと並んで、調理台の上に置いた鮭、卵、はららごを見つめた。

「みっつ全部まとめて、どんぶりに入れちゃいましょうか」

はなの言葉に、おせいが目を見開く。

「鮭とはららごの親子どんぶりね！　――卵は錦糸卵《きんしたまご》にして、どんぶりの上に散らせば、彩りもよくなるわ」

はなは七輪で鮭を焼き、骨を取って身を粗くほぐした。おせいは焼鍋で卵を薄く焼き、糸のように細く切っていく。

できあがった錦糸卵を見て、おせいがほっと息をつく。

「どんぶり物の具にするのなら、卵ひとつで足りるわね。お土産にする茹で卵を作っても大丈夫だわ」

「はい。鮭も塩が利いてるから、どんぶりにはひと切れでじゅうぶんですし」

ほぐした鮭と、食べやすい大きさにちぎったはららごを見て、はなは盛りつけようとした手をふと止める。

千登勢はうずみ豆腐を美味しい美味しいと笑いながら食べていたという。

武井がうずみ豆腐を思い出す時には、きっと微笑ましい情景に目を細めることもあったはずだ。

武井が寂しくならずに、楽しくうずみ豆腐を思い返す術《すべ》は、何かないだろうか——。

はなは鮭のほぐし身を少しだけ別の器に取り分けてから、親子どんぶりの飯に混ぜ込んだ。どんぶりによそった鮭飯の上に、はらごと錦糸卵を散らすようにして載せる。

飯に混ぜた鮭の身の淡い桃色と、はらごの濃い赤と、卵の鮮やかな黄色は、春の野に咲く花のようにどんぶりの中を明るく彩った。

鮭とはらごの親子どんぶりを小上がりに運ぶと、武井はどんぶりの中をじっと見つめた。なかなか手をつけようとしない。

「どうかなさいましたか？　お気に召しませんでしたでしょうか」

心配するはなに、武井は首を横に振った。

「いや、このどんぶりを見て、昔、千登勢を連れていった花見を思い出してな。桜はもとより、梅や菜の花——豪勢な弁当など持参できなかったが、辺り一面に咲く花の美しさに歓声を上げ、はしゃいだ千登勢が転びそうになって――」

武井はくいっと酒をあおり、どんぶりに箸《はし》をつけた。ひと口、ふた口と食べ進め、うぅむと唸《うな》りながらうなずく。

おせいが弥一郎に豆腐田楽を運んだ。弥一郎は武井の杯に静かに酒を注ぎ足して、豆腐田楽をかじる。

はなは調理場に戻ると、うずみ豆腐を作った。醬油《しょうゆ》ではなく、塩で味をつける。しょっぱくなり過ぎぬよう薄味で煮た豆腐と、さっき取っておいた鮭のほぐし身を一緒に椀《わん》に入れ、その上に飯をよそう。

鮭の塩みを活《い》かすよう、豆腐の煮汁ではなく出汁《だし》をかけてうずみ豆腐を作り上げると、はなは武井のもとに運んだ。

「む、もう一品か」

「はい。ご飯を少なめにしてありますので、こちらも召し上がってみてください」

武井は椀の中を見て、戸惑ったように目を瞬《またた》かせた。

「うずみ豆腐か――」

椀の中にそっと箸を入れ、武井は一瞬はっとした顔で動きを止めた。

「うむ……」

武井は椀に箸をつけ、うずみ豆腐をひと口食べた。じっくり噛《か》みしめ、ふた口、み口と箸を進める。

やがて武井はうずみ豆腐を食べ終えると、感慨深げな面持ちで椀を置いた。

「鮭入りの――新しいうずみ豆腐だな」

小上がりの脇に控えていたはなは大きくうなずいた。

「千登勢さまは、よそのお家の養女になってお旗本に嫁がれましたが、武井さまの大事なお嬢さまであることに変わりはございません。時の流れとともに形を変えていくものと、いつまでもずっと変わらぬものと――どちらも同じくらい大事ではいけないのでしょうか」

「手習い師匠になって、千登勢の婚家ゆかりの寺に住めと申すか」

「だって、生きているんですもの」

はなは思わず一歩、武井に詰め寄った。

「武井さまも、千登勢さまも、生きて、この同じ空の下にいらっしゃるんですもの。あきらめられないでしょう?」

武井は鮭とはららごの親子どんぶりを手に取った。

「季節は巡り、花はまた咲く――か」

武井はどんぶりに残っていた飯をかっ込んだ。

「いつか、千登勢の子を連れて花見に参る日がくるやもしれぬな。飴《あめ》の鳥も買ってやろう」

空になったどんぶりを置いて、武井は晴れやかに笑った。

「家格の違いを気にして、ひがみ根性を抱くのはもう終わりだ。長吉のような子供たちに読み書きを教え、身を立てる助力をするのは、この老いぼれの生き甲斐《がい》になるであろう。――千登勢は、この上なくよき伴侶《はんりょ》に恵まれた」

武井が杯の酒を飲み干す。酒を注ぎ足そうとちろりを手にした弥一郎が、軽くちろりを振って眉《まゆ》をひそめた。

「はな、酒がもうない」

「はい、ただ今お持ちします！」

はなは満面の笑みで酒を運んだ。

やがて早めの夕飯を食べる客たちが店を訪れる頃、武井は長吉への土産を持って長屋へ帰っていった。

暖簾《のれん》の下で武井を見送っていると、はなの隣に立つ弥一郎が大きなため息をついた。

「こたびは、はなに助けられたな」

不本意そうに口を曲げているが、すっと細められた弥一郎の目はいつになく優しい。

「あっ、はなさん！　今日も風呂吹《ふろふ》き大根あるかい⁉」

常連の金太が手を振りながら、神田川のほうからやってくる。

弥一郎は踵《きびす》を返した。

「では、帰る。しっかり励めよ」

「ありがとうございました。またどうぞ」

はなは弥一郎を見送りながら、金太を迎え入れた。

金太は店の敷居をまたぐと、面目なさそうに振り向いた。

「はなさんの亭主の似顔絵を持ち歩いて、あちこち聞き込んでいるんだけどさ――まだ手がかりは何も見つからないんだ」

しょんぼり目を伏せる金太に、はなは笑ってみせた。

「そんな顔しないでください。一緒に捜していただいてるだけで、本当にありがたいんですから。それに、都合よくすぐ見つかるなんて、最初から思ってませんし」

はなは金太を小上がりの奥に案内する。

「今すぐ風呂吹き大根をお持ちしますね」

「うん。それと、豆腐田楽も頼むよ」

「かしこまりました」

はなはゆがみそうになる唇に力を入れて、口角を引き上げた。暗く沈んでいきそうになる心も一緒にくいっと引っ張り上げる。

悲しい顔で客の前に立ってはいけない。にっこり笑って料理を作り、客のもとへと運ぶのだ。

はなは笑顔で風呂吹き大根を器によそい、金太に運んだ。

金太は風呂吹き大根を頬張って、にかっと笑う。

「これだよ、これこれ。この味だ。春といってもまだ冷える川の中で、猪牙《ちょき》を降りたら喜楽屋の風呂吹き大根を食おうと、おいらずうっと楽しみにしてたんだぁ」

金太の満面の笑みに、はなもつられて笑みを深める。

店の戸が開き、常連の鳩次郎と権蔵も顔を出した。

「おや、金太、もう来てたのかい」

「早く喜楽屋に来たくて、船から客をほっぽり出したんじゃねえだろうな」

「はなちゃん、わたしも風呂吹き大根を頼むよ」

「おれもな。それと、酒をくれ」

「はい、少々お待ちください」

二人はまっすぐ小上がりの奥へ向かい、金太とともに折敷《おしき》を囲む。

客たちが笑いさざめく店の中、はなは暖簾をしまうまで笑顔で働き続けた。

しかし店を閉めると、良太の顔がはなの胸いっぱいに広がる。

良太の手がかりが見つからない……。

はなは床几《しょうぎ》や小上がりの汚れを雑巾《ぞうきん》で拭《ふ》き取りながら、大きなため息をこぼした。

すぐに見つからなくて当然などと平気ぶって言ってみても、心は不安でいっぱいだ。

なぜ良太は見つからない。どうして良太は出ていったのか。どこを捜せば良太に会える——不毛な堂々巡りに、胸が苦しくなる。

流行《はや》り病で死んだ両親の言いつけが、はなの頭によみがえる。

嬉《うれ》しい時も、悲しい時も、どんな時でも笑っていろ。笑いながら不幸になるやつなんかいない。満開の花のように笑っていれば、いつか必ず幸せになれるから。笑えば、きっと福がくる。

——だけど、どんなに懸命に笑顔を作り続けても、いいことなんか何もありゃしないと、捨て鉢になりそうな弱い自分がいる。

はなは雑巾を手に立ちつくした。

いったいどうしたら、何の迷いもなく明日《あした》を信じて笑っていられるのか。

階段の上から、とん、とん、と小さな足音がした。こはくがまっすぐ下りてきて、誰もいない店の中ではなの足にすりすりと身を寄せてくる。

はなは雑巾を置いて、こはくを抱き上げた。

「おまえ、ひょっとして慰めにきてくれたの？」

こはくの重みと温《ぬく》もりが心地よい。はなは小上がりに腰かけ、こはくを膝《ひざ》の上に載せて撫《な》でた。毛並みに沿って背中を撫でていると、こはくが目を閉じてごろごろ喉《のど》を鳴らし出す。

柔らかな毛を何度も撫でているうちに、はなの心がなごんできた。

「こはく、気持ちいい？」

こはくが目を開け、はなに向かって「にゃ」と鳴く。はなは微笑んで、こはくの背中を撫で続けた。

武井が弥一郎とともに喜楽屋を訪れたのは、それから二日後の夜だった。

「明日はもう引っ越しでございますか」

小上がりの隅で酒を注ぐ弥一郎に、武井がうなずく。

「腹を決めれば、あっという間よ。この身ひとつで行くだけだしな。それに、新居となる湯島の寺は近い。喜楽屋へも、また寄らせてもらうぞ」

おせいが調理場からにっこり笑って頭を下げる。

「どうぞご贔屓《ひいき》に」

武井は上機嫌で杯を重ね、風呂吹き大根を注文した。はなが運んでいくと、ひと口頬張って嬉しそうに笑う。

「うむ、美味《うま》いぞ」

「ありがとうございます」

はなは店に入ってきた客を小上がりの反対端に案内しながら、武井の朗らかな姿に目を細めた。

「しかし、縁とは不思議なものよ」

しみじみとした武井の声が、はなの耳に届く。

「こうしてまた、きさまと酒を飲む日がこようとは――あれから何年経った」

はながちらりと振り向くと、弥一郎は杯をじっと見つめていた。

「かれこれ五年になりましょうか。それがしが道場を去ってから、お会いしておりませんでしたな」

「うむ――わしも年を取り、道場へは通わなくなったが、きさまが御薬園で励んでいるという話は聞きおよんでおった」

「薬草を栽培する日々の中で、時折、武井さまのことを懐かしく思い出しておりました。武井さまから一本取るのはまことに難しく」

「何を申すか。わしのほうこそ、きさまにはなかなか勝てずに歯ぎしりをしたわ」

弥一郎は照れくさそうに微笑みながら首を横に振る。

はなは他の客の対応に回りながら、弥一郎と武井の様子にちらちらと目を向けた。

弥一郎が穏やかに談笑する姿など珍しい。長らく会っていなかったらしいが、武井とはよい間柄だったのだろう。二人は剣道場の思い出話に花を咲かせながら酒を進めている。

「ところで、結城《ゆうき》はどうしておる」

客たちがざわめく店の中で、武井の声が一瞬大きく響いた。

「あの男は強かったのう。結城と打ち合う時には、勝てる気がまったくしなかった。木刀で向かい合っていても、いつどこを斬られるかわからぬような恐ろしさがあった」

武井は赤ら顔で何度もうなずき、ちろりを手にした。

「お、もう酒がないぞ。はな、酒をくれるか」

「はい、かしこまりました」

はなが新しい酒を運んでいくと、武井は楽しそうに声を上げて笑っていた。

反対に、弥一郎は顔を曇らせている。きっと武井の酔いを心配しているのだろうと、はなは思った。

まだ酒量を過ごしているとも思えないが、今日の武井は少し浮かれて見える。手習い師匠になり、千登勢のそばで暮らすと決めて、わだかまりがすっかりなくなったようだ。

武井は杯を手に、しゃべり続ける。

「きさまは結城と親しかったな。結城は息災か？　あやつとも、また飲みたいものだ」

「結城は今、江戸におりませぬ」

「ほう、お役目か」

「そのようで。それがしが小石川御薬園に移ってからは、互いに音沙汰《おとさた》もなく――

あいつとは、もう住む場所が違いますゆえ」

弥一郎は早口で言い終えると杯をあおり、手酌で酒を注ぎ足した。

「それより、もっと何か食いませぬか。はな、煮しめでも持て」

「かしこまりました」

はなは調理場に向かいながら、弥一郎の様子を気にして振り向いた。穏やかな笑みを浮かべていた弥一郎の顔が、途中から強張《こわば》っていた——。

調理場ではおせいが煮しめを大鍋《おおなべ》から器によそっている。他の客からも煮しめの注文があったようで、三つの器が用意されていた。

「はなちゃん、煮しめはわたしが運んでいくから、床几のお客さまにお酒をお願い」

「はい、わかりました」

床几に酒を運び終えてから小上がりに目を向けると、弥一郎は再び笑みを浮かべて武井と何やら話していた。だが、どこかぎこちない笑みに見える。

「ごちそうさん。勘定ここに置くぜ」

「ありがとうございました」

食べ終えた客が次々に帰っていく。はなは空になった器を下げながら、さりげなく小上がりの弥一郎と武井に近づいた。

「ほう、きさま、御薬園の長屋で蜜柑《みかん》を育てておるとな」

「はい。鉢植えで、ほんのわずかしか実が採れませぬが」

「種のある紀州《きしゅう》蜜柑を千登勢に食わせれば、立派な子を授かるであろうか。たまには、わしから寒見舞いに届けてみようかのう」

「千登勢どのもお喜びになりましょう」

蜜柑の話をしている弥一郎の表情はいつもと変わりなく見える。はなは、ほっと安堵《あんど》の息をついた。

「女子《おなご》は体を冷やすとよくない。あぶって食わせねばなるまいのう」

「それがよろしいかと」

はなの頭の中に去年食べた焼き蜜柑が浮かんできた。熱い蜜柑の汁を思い出すと、口の中に唾《つば》が溜《た》まってくる。もう一度食べたい――。

蜜柑のことを考えながら突っ立っていたら、武井にまじまじと顔を見つめられて、はなは慌てた。

「すみません。蜜柑のお話が耳に入ってきたもんで、つい」

弥一郎が呆《あき》れ返った眼差《まなざ》しではなを睨《にら》む。

「つい食いたくなって、ぼけっとしておったのか。まったく。しっかり働かねば、もう蜜柑はやらぬぞ」

「えっ、そんな」

　武井が声を上げて笑う。

「はなは蜜柑が好きか」

「はい。去年弥一郎さまがお育てになった蜜柑をいただいて、初めて焼き蜜柑を食べました。じゅわっと口の中に溢《あふ》れ出る甘い汁が、もう美味《おい》しくて、美味しくて」

　はなはうっとり胸の前で両手を握り合わせる。

「本当に贅沢《ぜいたく》な甘い汁でした。鎌倉の村では大根や麦や粟《あわ》ばかり食べていたので」

「そなた、鎌倉の出か」

「はい。鎌倉の山《やま》ノ内《うち》村から来ました」

「山ノ内といえば、建長寺《けんちょうじ》のけんちん汁が思い浮かぶな。禅僧が広めた澄まし汁であったか」

「建長寺のけんちん汁は醤油《しょうゆ》味ですけど、あたしの夫は味噌《みそ》味で作ってたんですよ」

「ほう。味噌仕立てのけんちん汁とな。里によって味が違うのであろうか。はなの夫はどこの出だ」

「よくわからないんです。江戸の人だとは思うんですけど」

武井は眉間《みけん》にしわを寄せる。

「わからないとは、どういうことだ」

「夫は伊勢参《いせまい》りの帰りに追い剝《は》ぎに遭って、戸塚《とつか》宿を目指して逃げたつもりが鎌倉へ——あたしの家に転がり込んできたんです。一緒に味噌けんちん汁を食べて、幾日か同じ屋根の下で過ごしているうちに、惚《ほ》れ合って夫婦《めおと》になって」

はなは苦笑しながら肩をすくめた。

「それが突然いなくなっちゃったんで、あたしは江戸へ夫を捜しにきたんです」

武井は啞然《あぜん》と口を開けて、はなを見つめる。はなは笑みを深めてみせた。

「日本橋まで辿《たど》り着いたら、疲労と空腹で倒れて、養生所へ運ばれました。そこでお会いした弥一郎さまのお口利きで、喜楽屋に置いてもらえることになったんです」

「なるほど……養生所は、御薬園内にあるからな」

武井は杯を床に置いて弥一郎を見た。

「味噌味のけんちん汁が名物になっておる場所を知らぬか？　はなの夫の里を突き

止める手がかりになるやもしれぬぞ」

「それがしは存じませぬ」

「かつて採薬師として巡り歩いた場所を思い返してみよ。どこかで作っておらなんだか」

弥一郎は顔をしかめる。

「けんちん汁は、確か、宋《そう》から渡来した禅僧が我が国に伝えた澄まし汁と聞きましたが――それがしは醤油を切らして、とっさに味噌で作ったことがございます。はなの夫が作ったけんちん汁も、そのような物であったやもしれませぬぞ」

武井は腕組みをして唸《うな》る。

「それでは、はなの夫の手がかりにならぬな」

「はい。味噌けんちん汁に意味など見出《みいだ》そうとしても、無駄かと存じます」

はなは思わず胸を押さえた。良太との特別な思い出まで無駄と言われた気になってしまった。

はなはゆっくり深く息を吐いて、気を静める。

目を閉じれば、まぶたの裏の暗闇に浮かび上がるのは、良太が作った竹灯籠《とうろう》の光の花だ。竹筒にいくつも開けられた丸い穴のひとつひとつが小さな花びらとなり、中に灯《とも》した蠟燭《ろうそく》の火明りを輝く花に変えていた。

去年初めて降った小雪を眺めて二人で寄り添った、雪見けんちんのあの夜――。はなが良太と暮らした日々の思い出は決して色あせず、どんなものにも埋もれない。新しい日々が良太との思い出を押し流そうとしても、はなの胸に咲く光の花はこの先もずっと散らず、美しく咲き続けるのだ。

はなは武井に作った鮭入りのうずみ豆腐を思い返した。これまでの日々を断ち切ることなく、新しい思い出とともに嚙《か》みしめてほしいと願って作った。

大切な思い出は心の奥底に無理やり埋めることなく、手を伸ばせばいつでも届くところに置いておきたい。

埋めるのであれば、胸が張り裂けそうになるつらい思い出を――良太がいなくなった、あの日の絶望を――きっとまた良太に会えると信じて、はなは江戸で頑張ると決めたのだから。

「わしにできることがあれば、いつでも力を貸そう」

武井の優しい声に、はなは顔を上げた。

「何かあれば、いつでも訪ねてくるがよい」

「はい。ありがとうございます」

はなは笑顔で頭を下げた。

良太の似顔絵を武井にも見てもらおうか——ふとそう思った時、調理場からおせいが出てきた。

「お酒は足りていらっしゃいますか？　店じまいの前に、もう少し召し上がりますか？」

「いや、わしはもういい。じゅうぶん飲んだ」

「では、最後に雑炊でも召し上がりますか？」

「うむ——卵粥《たまごがゆ》にしてもらうとするか。生米からでなくとも、残った飯があれば、それで作ってくれればよい」

「はい。かしこまりました」

おせいはにっこり笑って、はなの肩に手を置く。

「じゃあ、はなちゃん、お願い」

「あたしですか？」

「ええ。武井さまのために、美味しい卵粥を作って差し上げてちょうだい」

武井が期待に満ちた目をはなに向ける。きらきらと黒目を輝かせ、言葉にせずとも顔中で「食いたい」と訴えていた。

病の床に就いた両親が、最期に卵粥を食べて美味しいと笑った顔を、はなは思い出す。

「では、心を込めて作らせていただきます。薬味は何がよろしいですか？」

江戸では、味つけせずに作った粥に醤油の汁をかけ、薬味を添える食べ方をしている。

「何でもよいが――そうだな――鮭はあるか？」

はなは笑顔でうなずいた。

「ございますよ。では、鮭と葱《ねぎ》などを添えてお出しいたしますね」

「うむ。頼む」

「弥一郎さまも召し上がりますか？」

はなが顔を覗《のぞ》き込むと、弥一郎はどこかぼんやりした目で杯を握りしめていた。

「弥一郎さま？　卵粥はどうなさいますか？」

「む――おれはいらぬ。もう満腹だ」

弥一郎は杯を飲み干して、床に置いた。おせいがうなずいて、はなの背中を押す。

「では、卵粥を作って参りますので少々お待ちくださいませ」

はなは調理場に入ると、そっと弥一郎を振り返った。

「おせいさん、あの——今日の弥一郎さま、ちょっと変じゃないですか？　いつもと違いますよね？」

　はなが小声で耳打ちすると、おせいは気遣わしげな目をちらりと小上がりに走らせてささやいた。

「剣道場のお話をなさっていらした時からよね」

「おせいさんも気づいてました？」

「ええ。煮しめを運んだ時に、ちょっとね」

　おせいは卵粥に使う小鍋《こなべ》を手にしながら、さらに声をひそめる。

「やっぱり、剣道場のお話はおつらかったんじゃないかしら。お怪我がなければ、弥一郎さまは今も採薬の旅に出ていらしたでしょうし」

「そうですよね……笑いながらお話ししていたって、お心の中はきっと複雑でしたよね……」

　弥一郎とて、いつも気難しいしかめっ面をしているわけではないのだ。笑う時もあれば、泣きたい時もあるはず。

　うつむくはなの顔の前で、おせいが小さく手を打ち鳴らした。

「さあ、美味しい物を作りましょう。調理場では心を晴らして」

今は亡き喜楽屋の元店主、銀次の遺言だ。

料理には、料理人の気が注がれる。だから調理場に入る時は、いつも心を晴らしておけ――。

「わたしが出汁《だし》を取るから、はなちゃんは葱を切ってちょうだい」

「はい」

はなは大きく息を吐き出して、新しい息を吸い直した。

包丁を握りしめ、まな板の上の葱に向かう。丁寧に、武井に美味《おい》しい物を食べてもらいたい一心で、葱を細かくみじん切りにしていく。

おせいが鰹節《かつおぶし》で出汁を取っている間に、はなは七輪で鮭の切り身を焼いた。火が通った鮭の身をほぐし、骨を取りのぞいて、皮だけもう一度七輪の上に戻す。

「あら、皮だけ焼いてるの？」

「煎餅《せんべい》みたいに、ぱりぱりに焼きます。この間おせいさんと鮭の皮の話をしたのを思い出したんで、薬味にお出ししてみようかと思って」

「いいかもしれないわね」

こんがり焼いた鮭の皮をひと口で食べられる大きさにちぎって、小皿に載せる。

ちょいとつまんでかじりたくなるが、じっとこらえて、はなは小鍋を七輪の上に載せた。

洗ってぬめりを取った飯を小鍋に入れて煮る。ぐつぐつ煮えて泡が出てきたら、玉杓子《たまじゃくし》で軽くひと混ぜ。とろりと煮詰めた飯の上に、溶いた卵をぐるりと円を描くように回し入れる。優しくかき混ぜたら、卵が煮え過ぎぬうちに小鍋を七輪から下ろす。

何の味もついていない卵粥をどんぶりによそい、醬油《しょうゆ》のかけ汁と四種の薬味を添えて、はなは武井のもとに運んだ。

武井は薬味を順に目で追う。

「鮭と、鮭の皮、葱に、わさびか」

「はい。お好きな順で、どうぞ」

武井はまず鮭のほぐし身をひとつまみだけ粥に載せて、ひと口食べた。

「うむ」

満足そうにうなずいて、どんぶりにかけ汁を入れる。薬味を何も載せていない状態で卵粥をひと口食べて、またうなずく。そしてもう一度鮭のほぐし身を載せ、汁と一緒にもうひと口。

「うぅむ」

次に鮭の皮を汁に浸らないよう載せ、皮がぱりぱりしているうちに、ひと口。皮を汁に浸してやわらかくしてから、もうひと口。

葱でひと口、わさびでひと口。武井は次々に薬味を変えて、卵粥を味わった。

「あぁ、堪能《たんのう》した」

空になったどんぶりを折敷《おしき》の上に置いて、武井は目を閉じる。

「素朴で、身に沁《し》みるような粥であった。おかげで、今夜はよく眠れるであろう。明日はよい門出になりそうだ」

武井は目を開けると、はなに向かってにっこり満面の笑みを浮かべた。

「ありがとうございます！」

はなの顔も嬉《うれ》しさでほころぶ。胸の中に、ぱっと大輪の花が咲いた心地だった。


翌朝、はなとおせいが店開けの支度をしていると、千登勢が下女を伴って現れた。

おせいに勧められるまま、千登勢は小上がりに腰を下ろす。すぐに立ち去るつもりはないようだ。下女は前回と同じく、床几《しょうぎ》の脇に立って控えている。

はなは茶を出しながら、思わず怪訝《けげん》な目で千登勢の顔を見つめた。

「あの、千登勢さま、今日は武井さまのお引越しでは――」

「父の新居へは、このあと顔を出します」

千登勢はきちっと居住まいを正した。

「このたびは、まことにお世話になりました。わたくしが持参した鮭と卵を、はなさんがたいそう美味しく食べさせてくれたと、父が喜んでおりました」

頭を下げる千登勢に、はなは慌てる。

「おやめください。あたしは何も。千登勢さまの飴《あめ》の鳥が、武井さまのお心を溶かしたんですよ」

千登勢は首を横に振る。

「飴の鳥だけでは、きっと無理でした」

千登勢はしみじみとはなの顔を見た。

「父は、わたくしの婚家の世話になるのが嫌だったと申しておりました。借りばかり作るようで、我が身が情けなくなったのだと——それゆえ、わたくしからの届け物に手をつけたくなかったのだと」

千登勢は調理場に目を向けた。

「はなさんが作った鮭の親子どんぶりと、鮭のうずみ豆腐を食べて、美味しいと思った時、父の体からよけいな意地が剝《は》がれ落ちたそうです。それを聞いた時、わたくしは自分の愚かさに気づきました」

「千登勢さまが、愚か……？」

千登勢は観念したような顔で微笑みを浮かべた。

「父のためと言ってあれこれ届け物をしておりましたが、本当は、いつまでも貧乏長屋に住んでその日暮らしをしている父を婚家にどう思われているのかと——男手ひとつで苦労してわたくしを育ててくれた父を、恥じる気持ちがどこかにあったのです」

千登勢は目線を床に落とした。

「わたくしを孝行娘と褒めてくださる方もいらっしゃいましたが、人目を気にした孝行など、まことの孝行ではございませぬ。父のほうから詫《わ》びられて、わたくしは申し訳なくなりました」

胸のつかえを吐き出すように、千登勢はほうっとため息をついた。

「はなさんの笑顔とお料理が、父の心をほぐしてくれたのですね」

「いえ、そんな。あたしは、ただ——美味しい物を食べていただきたいと思っただけです」

「それがよいのですよ」

千登勢は春の空を思わせるすがすがしい笑みを浮かべた。

「わたくしも、たまには父に何か作ろうかしら。今の屋敷で台所に立つのは難しくても、父の新居となる庵《いおり》で親子水入らずの時には、美味《おい》しい物を何かこの手で――一緒に長屋に住んでいた、あの頃のように」

「武井さま、きっとお喜びになりますよ！」

はなは笑って拳《こぶし》を握り固めた。

「美味しい物は、人を幸せにするんです。我が子が作った物なら、なおさらですよ！」

「はなさん、羊羹はお好き？」

千登勢に突然聞かれて、はなは目を瞬《またた》かせた。

「ええと、たぶん――あたし、羊羹なんて高級な物を食べたことがないんで、わからないですけど」

「では召し上がってみてくださいな」

千登勢は床几の脇に控えていた下女に目配せをした。下女は抱えていた風呂敷包《ふろしきづつ》みを小上がりに置く。

千登勢は小上がりの床で風呂敷包みをほどき、中から出てきた箱をおせいに向かってすいっと差し出した。

「こちら、練羊羹でございます。お口に合うかどうかわかりませぬが、どうぞはなさんとお二人でお召し上がりくださいませ」

「えっ、羊羹！」

叫んでしまってから、はなは慌てて口を押さえた。おせいが苦笑しながら遠慮する。

「わたしどもにこのようなお心遣いはご無用でございます」

「喜楽屋には、わたくしたち親子のあと押しをしていただきました。お礼の品として、どうぞご笑納くださいませ。受け取っていただかねば、わたくしの気持ちが収まりませぬ」

「まあ――では、ありがたくちょうだいいたします」

恐縮しながら受け取るおせいの手元を、はなは思わず目だけで追った。

練羊羹――餡《あん》を使った菓子だということは知っているが、いったいどんな味だろう。考えただけで、口の中に餡の甘みが広がりそうだ。ごくりと喉《のど》が鳴る。

思いのほか大きな音が喉から上がって、はなはあせった。

「そ、そうだ――長吉ちゃんは、どうしていますかねえ。武井さまがお引越しなさったら、寂しがるんじゃないですか」

羊羹で思い出した長吉の話で、はなは気恥ずかしさをごまかした。羊羹のことばかり考えていると、そのうち腹もぎゅるぎゅる鳴ってしまいそうだ。

「長吉は、来月の初午《はつうま》（二月最初の午の日）から、寺入り《てらい》（寺子屋への入門）するそうですよ」

「もしかして、武井さまのところへ通うんですか？」

「ええ。あの子も、今年で六つ。そろそろ寺子屋で学び始めてよい年です。頑張って読み書きを覚え、いずれ立派なお店に奉公するのだと、長吉は張り切っているそうですよ。いつか出世して、羊羹をたくさん買える大人になりたいのだとか」

千登勢は微笑んで、はなの目をじっと見た。

「父も、子供たちに教えるのを楽しみにしております。本当に、ありがとう」

昼時の忙しさがくる前に、千登勢は喜楽屋を去った。武井の新居に寄るのだという千登勢の足取りは軽く、その後ろ姿はまるで、飴の鳥を手に花見へ行く少女のようだった。

武井の昔語りが、はなの耳によみがえる。

辺り一面に咲く花の美しさに歓声を上げ、はしゃいだ千登勢が転びそうになって――。

千登勢の後ろ姿の向こうに、菜の花畑が広がって見えるようだ。

はなは鎌倉の野山を思い返す。

山桜を眺めながら、両親と蓬《よもぎ》や蕗《ふき》の薹《とう》を摘んだ、幼い頃の春――。

もう戻らぬ日々に、はなはきゅっと優しく胸をしめつけられた。

父と母が生きていたら、喜楽屋で働くはなを――江戸で良太を捜すはなを、いったいどう思うだろう。

はなは腹に力を入れて、くいっと口角を引き上げた。

力つきて話せなくなる最期の寸前まで、どんな時でも笑っていろと言っていた両親だから、きっと笑顔で見守ってくれるに違いない。

夜になると、小雨が降り出した。

しとしと降り続く細い雨に、夕飯を食べ終えた客たちは一人、二人と店を出ていく。

「ごちそうさん。また来るぜ」

「ありがとうございました」

戸口で客を見送りながら、はなは夜空を見上げた。

静かに落ちてくる細かい無数の雨粒に、一瞬すっぽり体を覆われてしまいそうな錯覚に陥る。

はなはぶるりと身を震わせた。夜になって、冷え込みが増してきた。戸口に立っていると、吐く息が白い。手先も足先も、あっという間に冷え切ってしまった。

おせいも戸口に来て空を見上げる。

「今日はもう、お客さんが来ないかもしれないわねえ。少し早いけど、店じまいにしましょうか」

「はい。じゃあ、暖簾《のれん》を下ろしちゃいますね」

「熱いお茶を淹《い》れるから、千登勢さまにいただいた羊羹を食べましょう」

「はいっ」

はなは冷たい手の指先を伸ばして暖簾を下ろし、店の中に入れようと敷居をまたいだ。

「あーっ、もう終わりですか!?」

慌てる声に振り向くと、番傘を差して籠《かご》を背負った卯太郎が通りの向こうから駆けてきていた。その後ろから、同じく番傘を差した弥一郎がゆったりと歩いてくる。

「お二人おそろいで、どうなさったんですか」

「岡田さまに、子猫の引き取り手をご紹介いただきましてね。二匹お届けした帰りなんですよ。こはくの顔を見たかったんですが――今日はもう店じまいですか」

「はなちゃん、お入りいただいて。暖簾はしまっていいわ」

小上がりを片づけていたおせいの声に、卯太郎はほっとした笑みを浮かべた。

「すみません。夕飯は先方でいただいてきたんで、こはくの顔だけ見たらすぐに帰りますから」

「そうですか。今からはなちゃんと羊羹を食べるところだったんですけど、甘い物が入るお腹はもうないかしら」

おせいが小上がりに置いた箱を見て、卯太郎は目を輝かせる。

「これは桔梗屋《ききょうや》の練羊羹じゃないですか！」

はなとおせいは改めて箱を眺めた。蓋《ふた》の端に、小さな桔梗の印が押されてあった。

「浅草《あさくさ》にできたばかりの菓子屋ですよ。鈴木越後《すずきえちご》や金沢丹後《かなざわたんご》のような大店《おおだな》ではないんですが、なかなかいい味の菓子をそろえているんですよ。実は、うちの小豆《あずき》を使ってくれていましてね」

嬉《うれ》しそうな卯太郎に、おせいは微笑んだ。

「千登勢さまがお持ちくださったんですよ」

おせいは羊羹を切るため調理場へ入った。はなは茶の支度をする。

「卯太郎さんはやっぱり鰹出汁《かつおだし》がよろしいんですか？　それとも、羊羹はお茶で召し上がりますか？」

「お手数ですが、できれば鰹出汁でお願いします」

「かしこまりました。では小上がりでお待ちください」

はなが出汁を取っている間に、こはくが二階から下りてくる。すでに店の暖簾を下ろしているので様子を見ながら歩き回らせておくと、こはくは鰹節のにおいに惹《ひ》かれたように、はなの足元にじっと座り込んだ。

「これはお客さまのだから、駄目だよ」

こはくは黙って階段の下に戻る。小上がりに腰を下ろした卯太郎が目を見開いて唸《うな》った。

「本当に聞き分けのいいやつですねえ。店の品に手を出さないと聞いて安堵《あんど》しておりましたが、こはくの賢さを目の当たりにして改めて驚きました」

はなは誇らしくなって胸を張る。

「きっとこの子は、喜楽屋の子になる定めだったんですよ」

はなは土間に置かれた卯太郎の背負い籠に目をやった。

「この間、子猫は六匹っておっしゃってましたよね。みんな無事に引き取り先が見つかったんですか？」

「はい。岡田さまのおかげで、今日の二匹が最後です。沖田屋の店先に集まっていた猫はみな落ち着き先を見つけました」

「よかったですねえ」

おせいが小上がりに四人分の羊羹と茶を運ぶ。はなも出汁を卯太郎に運んで、小上がりに座った。

はなは皿を手に取り、ふた切れの羊羹を目に近づけた。

「この四角い餡《あん》の塊が練羊羹ですか――艶々《つやつや》して、綺麗《きれい》ですねえ。それに、お菓子を楊枝《ようじ》で食べるなんて、あたし初めてですよ」

「店では普段使わないけど、大家さんが急にいらしてお茶とお菓子をお出しすることがあるかもしれないから、念のため菓子楊枝を用意してあるのよ」

「さすが、おせいさん！」

おせいは、はにかんだ笑みを浮かべ、羊羹をひと口食べた。

「ああ――旭屋さんの小豆が立派なこし餡になっているわねえ」

卯太郎は湯呑茶碗《ゆのみぢゃわん》に入った鰹出汁のにおいを嗅《か》いで、満足そうにうなずいた。

「蒸羊羹は、餡に小麦粉と葛粉《くずこ》を混ぜて蒸しますが、練羊羹は、餡に砂糖と寒天を混ぜて練りながら煮詰めます。この桔梗屋の練羊羹は、ほどよい甘さが何ともまあ――」

最後まで聞かずに、はなは菓子楊枝で羊羹を薄く切り、口に入れた。

「んっ」

なめらかな舌触りと上品な甘さに、思わず一瞬息が止まる。はあっと大きく息を吐き出したら、こし餡のこくと甘みが口や鼻から抜け出てしまう気がした。

もうひと口、しっとりした嚙《か》みごたえをしかと味わう。大口を開ければひと口かふた口でぱっくり食べられる大きさだが、あっという間になくなってしまうのはもったいない。はなは少しずつ口に入れて、生まれて初めての羊羹を嚙みしめた。

弥一郎が片眉《まゆ》を上げる。

「ふん。ちびりちびりと食っても、羊羹は増えぬぞ。上品ぶっておるつもりであれば、無駄なこと。まったく似合っておらぬわ」

はなはにっこり笑って、菓子楊枝で羊羹をもうひと口分、薄く切った。

「弥一郎さまの意地悪なんて、ちっとも気になりませんよ。この羊羹を食べれば、ほら――」

いくらでも食べられそうな餡の甘みがはなの体に広がっていく。胸がほのかな甘さでいっぱいになり、笑みが深まる。

「うーん、たまりませんねえ」

「ふん。おまえは食っておれば幸せか」

「はい。もちろんです」

そっぽを向く弥一郎の背に、こはくがすり寄った。弥一郎の前に回り込み、腕や膝《ひざ》にも頭をこすりつける。

「む。何だ、この猫は。馴《な》れ馴《な》れしいぞ。離れろ」

「そんなことおっしゃって、お顔がゆるんでいらっしゃいますよ」

弥一郎はぎろりとはなを睨《にら》みつけた。

「たわけたことを申すな。ゆるんでなどおらぬ」

「いいえ、さっきより目尻《めじり》が下がっていらっしゃいます」

卯太郎がはなに同意して、大きくうなずいた。

「岡田さま、何だかんだおっしゃって、猫がお好きなのではございませんか？　子猫などいらぬとお断りになりましたが、けっきょく引き取り手を見つけてくださいましたし——本当は、ご自身で子猫を飼いたかったのでは」

「そんなはずがあるか。おまえは黙って鰹出汁を飲んでおれ」

むすっと膨れる弥一郎に、おせいが床に置かれた羊羹の皿をそっと押し出す。

「さ、弥一郎さま、どうぞお召し上がりください」

こはくが羊羹に顔を近づけ、くんくんとにおいを嗅ぐ。はなは残りの羊羹をぱくっと口に入れ、こはくを膝に抱き上げた。

「あれは弥一郎さまの羊羹だから、駄目だよ」

弥一郎は皿を手にして、はなとこはくを交互に睨んだ。

「おまえたちにはやらぬぞ」

弥一郎はそそくさと菓子楊枝で羊羹を切り、口に入れた。小上がりに笑いが広がる。弥一郎は眉間《みけん》にしわを寄せた。

「しかし、猫嫌いの客が来たらどうするのだ。毛が一本落ちているだけで騒ぎかねぬぞ」

「今のところ、お客さんがいる時は店に下りてこないんですけど……」

「もっと慣れてきたら、わからぬぞ。現に、おれのそばにもすり寄ってきたではないか。羊羹は食われなかったが、店の料理に手を出すようになったらどうするのだ。聞き分けがよいといっても、しょせん猫だからな」

はなは膝の上のこはくに目を落とした。弥一郎の指摘も、もっともだ。

「階段の上に、衝立《ついたて》を置いたらどうでしょう。衝立がある時は下りてきてはいけないと、こはくに教えられないものでしょうか」

「そう都合よく猫が覚えるものか。衝立など飛び越えてしまうのではないか？」

「でも、野良猫だった子をいきなり二階の部屋に閉じ込めて飼っても大丈夫でしょうか」

はなと弥一郎のやり取りに、おずおずと卯太郎が口を出す。

「これは聞いた話なのですが、餌の場所や眠る場所をきちっと決めている飼い猫もおりますそうで。はなさんがおっしゃるように、まずは階段の上に衝立を置き、もし衝立から出てきそうになったら、衝立の陰から水をかけて脅してみてはいかがでしょうか。衝立は水をかけてくる嫌な物だと思えば、衝立に近寄らなくなるかもしれません」

はなは何度もうなずいた。

「こはくは臆病《おくびょう》ですから、衝立が怖いと思えば、うまくいくかもしれませんね」

おせいもこはくを見つめてうなずいた。

「土間で餌をやってしまっているから、もう餌場はそこだと思っているかもしれないわねえ。眠るのは、今のところ必ず二階だし。――衝立を試してみましょう。それで駄目なら、店を開けている間は部屋に入れて、襖《ふすま》を閉じておくしかないわねえ」

「それでも駄目なら、他にもらい手を探せ」

弥一郎の厳しい声に、はなは身をかがめて膝の上のこはくをぎゅっと抱きしめた。

「こはく、お願いだから、衝立を覚えてね」

はなの腕の中で、こはくが小さく「にゃー」と鳴く。

「はなちゃん、大丈夫だと信じましょう」

おせいがそっと、はなの背中に手を当てた。はなが顔を上げると、おせいは微笑みながら、もう片方の手をこはくに伸ばした。右手ではなの背中を、左手でこはくの背中を優しく撫《な》でる。

「猫はよく寝る生き物で、一日の半分ほどを眠って過ごすから。店を開けている間、二階でおとなしく眠っていてくれれば、何の問題もないわ」

「はい」

はなもおせいと一緒にこはくを撫でた。膝の上に乗せたこはくの温《ぬく》もりを、はなはいつまでも感じていたいと思った。

第三話　恋の願かけわかめ

「おせいさん、大変だ！　根岸《ねぎし》のご隠居が寝込んじまった！」

八百屋の八兵衛《はちべえ》が勢いよく飛び込んできたのは、夕飯を終えた客がほとんど帰ったあとだった。

はなは床几《しょうぎ》の上を片づけていた手を止め、何事かと顔を上げる。

まだ小上がりで飲んでいた馴染《なじ》み客の四人――大工の権蔵と、絵師の鳩次郎、猪牙船《ちょきぶね》の船頭をしている金太に、乾物屋の跡取りである卯太郎も、話をやめて顔を上げた。

おせいが顔を強張《こわば》らせて調理場から出てくる。

「いったい、いつからお加減が悪くなったんですか。お医者さまは、何て」

八兵衛は慌てて手を振った。

「命に別状はねえんだ。ちょいと庭をいじってたら、重い鉢を動かす時に腰を痛めちまったらしくてな。何でも、鉢を持ち上げたとたん、ぐぎっと腰に痛みが走って、そのまま動けなくなったとか」

「まあ……」

「医者の話じゃ、灸《きゅう》をやって、しばらく安静に寝てるしかないっていうんだが。とにかく痛がって、寝返りひとつ打てねえらしい。厠《かわや》へ行くのも難儀で、一人じゃ布団から起き上がれず、飯も喉《のど》を通らないってんで、周りの者が心配してな」

「そりゃそうですよ。ご隠居も、もうお年ですし。このまま寝たきりになったら大変です」

「うん、それでな、おせいの作る飯なら食うって、ご隠居が言ってるらしいんだが――おせいさん、明日《あした》、根岸へ行けるかい？　おれと政五郎で見舞いに行くんだが、一緒にどうだい」

「行きます」

おせいは即答した。

「あちらでお台所をお借りできれば、わたしがお昼ご飯を作らせていただきますよ」

「そうかい、そりゃよかった。ご隠居も喜ぶよ」

ほっと肩の荷を下ろしたように、八兵衛はため息をついた。

「じゃあ、明日の朝五つ（午前八時頃）に迎えにくるからよ」

「よろしくお願いします」

八兵衛が帰ると、黙って飲んでいた小上がりの四人が一斉に話し出す。

「ご隠居、大丈夫かなあ」

「おせいさん、ご隠居がどんな様子か、おれたちの分も見てきてくれよ」

「わたしたちも心配してたって伝えておくんなさい」

「旭屋からも、あとで見舞いを届けさせます」

根岸のご隠居は、常連客たちとも親しいらしい。はなが江戸へ来る前に、喜楽屋の近所から根岸へ引っ越したのだろうか。

首をかしげるはなに、おせいが説明してくれる。

「根岸のご隠居っていうのは、日本橋駿河《するが》町にある小間物屋、堺屋《さかいや》さんのご隠居でね。わたしと銀次が昔お世話になった方なの。とっても気さくな方で、よく喜楽屋にも食べにいらしてくださったわ」

卯太郎がつけ加える。

「堺屋さんでは、跡継ぎに店を譲って隠居すると、根岸の別宅で過ごすのが慣例になっているんですよ。隠居したら店を離れ、いっさい口を出さない決まりだそうで」

鳩次郎が思い出したように、くくっと笑った。

「ご隠居は、喜楽屋をたいそうご贔屓《ひいき》になさっていらしてねえ。堺屋の身代に未練はないが、喜楽屋から遠ざかるのは嫌だと、お引越しをごねていらしたのさ」

権蔵がうなずく。

「そうそう。おれは根岸の家の修繕に呼ばれたことがあるんだが、隣にもう一軒建てて喜楽屋を呼びたいって、真顔でおっしゃってたぜ」

金太が唇を尖《とが》らせた。

「駄目だよ、そんなの。喜楽屋が根岸に引っ越したら、今度はおいらたちから遠くなっちまう」

根岸は上野《うえの》台地の崖下《がけした》にある里で、のどかな田園の中に居を構える粋人が多いという。

鳩次郎がうっとり目を閉じる。

「音無川《おとなしがわ》の向こうに山を見て、鶯《うぐいす》の声を聞きながら、死ぬまで絵を描く――そんな暮らしがしたいものだねえ」

「無理、無理。売れない絵ばっか描いてる男に、そんな甲斐性《かいしょう》あるもんか。やっぱり孔雀堂《くじゃくどう》って雅号がよくないんだよ。死んだ爺《じい》さんと婆さんが上野で営んでた孔雀茶屋を偲《しの》んでつけた名だっていっても、それが潰《つぶ》れた店じゃ縁起悪いぜ」

「うるさいよ、金太。そのうちわたしがどーんと売れても、おまえにゃ何ひとつおごってやらないからねっ」

「そんなみみっちい根性だから駄目なんだよ。だいたい、鳩が孔雀を気取っても、虹《にじ》みたいに綺麗《きれい》な羽なんか生えてくるもんか。分相応に、雀堂とでも名を変えたらいいんじゃねえのかっ」

「お黙り、この猪牙野郎！」

睨《にら》み合う二人を放って、権蔵と卯太郎は杯をあおった。いつものやり取りだから、気にする者は誰もいない。

「あの――」

はなはおずおずと、おせいの前に立った。

「明日《あした》、お店はどうするんですか？」

「そうねえ——休みにするしかないわねえ。根岸からすぐ帰れるかわからないし」

「絶対ご隠居に引き留められるよ」

睨み合っていた鳩次郎と金太が口をそろえた。

「久しぶりに会うんだから、ご隠居はおせいさんを帰したがらないさ」

権蔵と卯太郎もうなずいている。

「じゃあ——明日《あした》、お店が休みなら——あたしは良太さんを捜しに出かけてもいいですか？」

店の中が一瞬しぃんと静まり返った。

「そうよねえ……はなちゃんは、良太さんを捜しに江戸へ来たんですものねえ」

おせいは頰に手を当て、しんみりした声を出した。

「でも、捜すといっても、当てはないんでしょう？」

「それは——ないんですけど——」

「柳橋界隈《かいわい》は、おいらが捜したぜ」

金太が懐から折り畳んだ紙を取り出して広げた。良太の似顔絵だ。

「けど、手がかりはなかった。心当たりがある者は、おいらが働く柳橋の船宿『相模屋《さがみや》』まで報《しら》せてくれって、広めてあるけど。今んとこ、誰も来ねえ」

権蔵も懐から似顔絵を取り出した。

「おれも、大工仲間や長屋の連中に聞いてみたんだがよ。みんな知らねえって言うんだ。佐助も、ちよちゃんも、人に会うたび聞いて回ってくれてんだがよ」

鳩次郎が悔しそうに歯ぎしりした。

「佐助といえば、先日わたしのところに、はなちゃんのご亭主とは似ても似つかぬ、ただの細目を連れてきたよ。鎌倉の方角から来た、けんちん汁好きの、竜太《りゅうた》って男だったから、まあ、確かめたくなる気持ちもわかるけどさ」

四人はがっくりと肩を落とす。

「何だよ、竜太かよ——」

卯太郎も懐から似顔絵を取り出す。

「はなさんが似てるって言うんだから、よく描けた似顔絵なんだろうけど……目立つ黒子《ほくろ》や傷もないし……人を捜すには、江戸は広いからなぁ」

「うーん」

四人は似顔絵を睨んでしばし黙り込んだ。

やがて卯太郎が顎《あご》に手を当て口を開く。

「はなさんのご亭主は、鎌倉の由比ヶ浜《ゆいがはま》から船で江戸へ来たかもしれないんですよねえ――深川《ふかがわ》の漁師たちにも似顔絵を見せたらどうだろう」

権蔵が手を打ち鳴らす。

「そりゃあいいかもしれねえな。深川辺りで船を降り、永代橋《えいたいばし》を渡りゃ、すぐ日本橋だ。ひょっとすると、はなちゃんの亭主は深川辺りをうろついてたかもしれねえぞ」

はなの胸がどくんと高鳴る。

「深川で船を降りたんなら、おいらの縄張り、柳橋のほうまでは来なかったかもしれねえなぁ。おいら、深川の漁師にまでは手が回らなかったぜ」

後ろ頭をかく金太に、鳩次郎が冷たい目を向けた。

「手どころか、気も回らなかったんだろうよ。大川《おおかわ》全部が自分の縄張りみたいな顔してたくせに」

「うるせえ、鳩野郎！」

まぁまぁと卯太郎が二人をなだめて、はなに向き直る。

「はなさん、明日《あした》はおれと一緒に深川へ行ってみましょう。顔馴染《かおなじ》みの漁師がいるんで、ご案内しますよ」

「いえ、あたし一人で行けます。みなさんに、これ以上ご迷惑をおかけしては」

「何を言ってるんですか、はなさん。旭屋の幽霊騒動の時には、はなさんがおれを助けてくれたじゃないですか。おかげで、小正月の粥《かゆ》に使う小豆《あずき》の売れゆきも上々でした。今度は、おれが助ける番です」

「でも」

「深川の漁師には、気の荒いやつもいますからね。一人で行くより、おれと一緒のほうがいいですよ。ねえ、おせいさん」

「ええ、そうね」

おせいは優しく微笑んで、はなを見た。

「ここはひとつ、甘えさせていただきなさいな。江戸の男は気が短いから、あんまりぐだぐだ言ってると怒られちゃうわよ」

はなの胸に感激がぐっと込み上げた。

「はい――それじゃ遠慮なく――卯太郎さん、よろしくお願いします」

深々と頭を下げるはなに、卯太郎は「合点承知の助でいっ」と江戸っ子らしく豪快に笑った。


翌日は朝から晴れていた。

はなは日本橋の室町で卯太郎と待ち合わせ、永代橋を渡った。

日本橋と深川を繋《つな》ぐ永代橋は、長さ一一〇間（約二〇〇メートル）の大きな橋だ。何艘《そう》もの船が橋の下を行き交い、棒手振《ぼてふり》や供を従えた武士たちが橋の上を行き交っている。

ふと、はなの目が、前からやってくる武士の髷《まげ》に引きつけられた。髱《たぼ》（日本髪の襟足付近）をきちっと引き上げ、長めに結った髷の毛先を広げてある大銀杏《おおいちょう》だ。

武士の後ろから歩いてくる町人の男に目をやれば、そちらは髷を出して、短めに結った髷の毛先は広げていない小銀杏だ。

髷には様々な種類があり、同じ銀杏髷でも身分によって結い方が異なる。

鎌倉のはなの家に転がり込んできた良太は町人髷だった。

似顔絵の良太も町人髷だ。絵を描いてくれた鳩次郎も、髷の形を深く聞くこともなく、当然のように町人髷を描いていた。村の百姓女であるはなの夫だから、武家髷など考えられなかったのだろう。

だが、はなが両国広小路で見た良太は武家髷で、黒の半袴《はんばかま》をまとい、腰に二刀を差していた。

実は良太は武士かもしれないと、卯太郎に告げるべきか、はなは迷った。卯太郎も鳩次郎も、みな町人姿の良太を捜しているのだ。間違った姿を聞き回っても、無駄ではないのか。

間違った姿――はなの胸が重苦しくなる。

町人姿の良太が間違いであれば、はなはいったい誰を捜しているのか。鎌倉で過ごした二人の日々も、すべて間違いであったというのか。

はなは良太の似顔絵をしまった懐をぐっと押さえながら、深川に足を踏み入れた。右も左もわからぬ道を、卯太郎に案内されるまま歩いていく。漂ってくる潮の香りが、ふと鎌倉の由比ヶ浜を思い出させた。

良太が船で鎌倉を出たなら、由比ヶ浜から江戸を目指したはず――ひょっとしたら、今はなが歩いている川沿いのこの道を、良太も通ったのだろうか――いったいどんな姿で――。

はなの頭の中を、町人姿の良太と武家姿の良太がぐるぐる回り出す。

はなは大きく息を吐いて、不安に高ぶる胸を静めようとした。

何艘も泊めてある小船のそばに二人の男が座り込んで、投網《とあみ》の修繕をしている。

「あの二人は、相川《あいかわ》町の漁師です」

はなにささやくと、卯太郎は片手を挙げてずんずんと漁師たちに歩み寄っていった。はなもあとに続く。

「おう、若旦那《わかだんな》じゃねえか」

顔を上げた漁師たちが、じろっとはなを見た。鋭い眼光に、はなは一瞬だけひるむ。卯太郎もがっちりした体つきだが、漁師たちはそれ以上だ。いかつい顔は、卯太郎よりも迫力がある。

「ちょっと人を捜しているんだが、この顔に見覚えはねえか」

卯太郎は気安く声をかけながら漁師たちの隣にしゃがみ込み、懐から良太の似顔絵を取り出して広げた。絵を覗《のぞ》き込んだ漁師たちは、そろって首をかしげる。

「知らねえな。この辺りじゃ見ねえ顔だ」

「鎌倉から、船で江戸へ入ったかもしれねえんだが」

「ふうん？」

男たちは改めてまじまじと絵を見つめたが、すぐに首を横に振った。

「やっぱり見たことねえなぁ。よそ者がうろついてたなんて話も聞いてねえし」

男たちは対岸を顎でしゃくり、日本橋のほうを指す。

「あっち側に降りたんじゃねえか？　若旦那の縄張りによぉ」

卯太郎は頭をかいた。

「もちろん向こう側も捜しちゃいるんだが、手がかりが見つけられなくて困ってるんだ。この絵の男を見かけたら、教えてくれよ」

「若旦那に頼まれちゃ、断れねえな」

「ああ、任しとけ。きりっとした目の、鎌倉から来た男だな。みんなにも伝えとくぜ」

「頼んだぞ」

卯太郎は漁師たちの肩をぽんと軽く叩《たた》いて立ち上がった。

相川町、熊井《くまい》町、富吉《とみよし》町を回り、福島橋《ふくしまばし》を渡って、中島《なかじま》町、北川《きたがわ》町を回る。

訪ね歩いた漁師たちはみな卯太郎の顔を見ると気さくに応じてくれたが、良太の手がかりはいっこうに見つからない。

「富岡八幡宮《とみおかはちまんぐう》のほうへ行ってみましょうか」

「はい」

返事をしたはなの声は沈んでいた。落ち込みを声や顔に出してはならぬと思っても、はなは明るい声を出せなかった。

深川へ来たからといって、良太が簡単に見つかるはずはないと思っていた。しかし漁師たちに聞き回るたび手がかりが皆無だと思い知らされ、泣きたくなってくる。

連れてきてくれた卯太郎によけいな心配をかけぬよう、迷惑をかけぬよう、せめて笑顔で取り繕おうとしてみても、うまく笑えない。無理やり口角を引き上げても、涙目になってくる。

「富岡八幡宮へ行く前に、ひと休みしましょうか」

卯太郎が立ち止まった。

「いえ、あたしは大丈夫です。まだまだ歩けますよ」

よけいな気を遣わせたくない一心で、はなは懸命に笑みを作った。

「鎌倉の山育ちですから、足腰は強いんです」

「でも」

「本当に、大丈夫で――」

言いかけたはなの鼻先に、ぷうんと味噌《みそ》のにおいが漂ってきた。美味《おい》しそうなにおい――と思ったとたんに、はなの腹がぎゅるるるるっと大きく鳴り響く。

「あっ、これは、この音は」

はなは帯の前でぐるぐると手を回した。だが、ごまかそうとしても、もう遅い。

卯太郎が、ぷっと吹き出した。

「わかりました。足は大丈夫でも、腹が駄目なんですね。もう昼時ですし、蛤《はまぐり》町で飯にしましょう」

蛤町――いかにも美味《うま》そうな町の名だ。はなは笑ってうなずくしかなかった。

八幡橋《はちまんばし》を渡って黒江《くろえ》町に入り、富岡八幡宮の別当寺《べっとうじ》（神社の境内に建立された寺）である永代寺《えいたいじ》の門前まで行かずに、右へ曲がる。

蛤町に入ると、堀沿いの小さな飯屋の前で卯太郎は足を止めた。

「はなさん、ここです」

暖簾《のれん》も看板も出しておらず、腰高障子に「飯」と書いてあるだけだ。出入り口の脇には貝殻が山のように積まれている。

「品数はないんですが、美味いんですよ」

腰高障子を引き開けると、床几《しょうぎ》が並んだ土間の奥から腰の曲がった婆さんが出てきた。

「おや、若旦那、久しぶりですねえ。今日はどなたをお連れですか。もしかして、この方が、ご新造になるお嬢さんですか？」

卯太郎は床几に腰を下ろしながら、首と手を横に振る。

「神田須田町の一膳飯屋《いちぜんめしや》、喜楽屋のはなさんだ。行方知れずになったご亭主を捜しに、鎌倉から江戸へ来なすった。今日はなさんをご案内することは、おれの許嫁《いいなずけ》のてるさんも承知の上さ」

「へえ？」

婆さんは人好きのする笑みを浮かべて、はなも床几に座るよう促した。

「二人とも、ぶっかけでいいね？」

聞いておいて返事を待たずに、婆さんは調理場に入った。さほど間を置かずに、どんぶりをふたつ運んでくる。

「はい、お待ち。馬鹿貝《ばかがい》のぶっかけだよ」

どんぶりの中には味噌汁がよそわれていた。馬鹿貝のむき身（青柳《あおやぎ》）と、ななめ切りにした葱《ねぎ》と、細切りにした油揚げがたっぷり入っている。

「深川では、馬鹿貝が多く獲《と》れるんですよ。馬鹿貝の味噌汁を飯にぶっかけた料理は、手早く作れる漁師飯なんです」

卯太郎の説明に、婆さんがうなずく。

「馬鹿貝を炊き込み飯にする者もいるけど、うちでは昔からぶっかけさ。漁師の家だからね。海で冷えた体を味噌汁であったためて、飯を食うんだ」

はなはどんぶりの中に目を凝らした。具だくさんの汁の下に、確かに米粒が見える。

「ほれ、上品ぶらずに、がばっと食ってみな」

「はいっ」

はなはどんぶりを手にして、背筋を伸ばした。

「いただきます」

まず味噌汁をひと口。

「んっ」

飲んだとたん、貝から出た旨《うま》みを含む味噌汁の味が口の中に広がった。

「この甘み……何でしょう。味噌の甘さだけじゃないような」

婆さんが得意げに笑った。

「みりんだよ。醬油《しょうゆ》も少し足してある」

なるほどと唸《うな》って、はなはどんぶりに箸《はし》をつけた。

婆さんに勧められた通り、がばっと具をつかんで口に入れる。

「んーっ」

馬鹿貝の嚙《か》みごたえに気を取られているうちに、油揚げからじわーっと染み出た味噌汁が舌の上を覆う。しゃっきりさを残した葱の歯ごたえもいい。

はなは夢中で食べた。どんぶりの底から飯を掘り起こし、具と一緒に口に入れる。どんどん箸が進んで、ぺろりと平らげた。

婆さんが目を丸くする。

「あれまあ、いい食べっぷりだ。気に入ったよ。もっと食うかい？」

勧められるまま、はなはお代わりをした。

馬鹿貝のぶっかけ飯で腹を満たすと、元気が出てきた。店を出て、冷たい風に吹きつけられても、体の芯《しん》はまだぽかぽかと温かい気がする。

「では、永代寺門前《もんぜん》町のほうへも行ってみましょうか」

「はい」

細い小道を曲がったところで、しゃがみ込んでいる二人の女に行き会った。

一人はまだ若い武家娘で、空色の地に松竹梅の裾《すそ》模様《もよう》をあしらった小袖《こそで》をまとい、帯に懐剣を差している。地面に片手をついて、苦しそうに顔をゆがめていた。

もう一人は大年増《おおどしま》で、武家に仕える下女といったところか。茶色の地味な小袖を着て、なぜか籠《かご》に入った大量のわかめを抱えながら、おろおろした顔で武家娘のそばに膝《ひざ》をついていた。

はなは卯太郎と顔を見合わせた。明らかに女二人で難儀している様子だ。

「あの、どうかなさいましたか？」

はながそっと近寄ると、大年増は顔を上げ、睨《にら》むようにはなを見た。

「何でもありません」

「でも、そちらのお嬢さまはお加減が悪いのではございませんか？」

「本当に何でもないんです！　お下がりください！」

大年増は、はなを威嚇するように刺々《とげとげ》しい声を出した。かなり警戒している様子だ。

武家娘が大年増の袖を引く。

「さわ、おやめなさい。その者は、わたくしを案じてくれておるのですよ」

武家娘はよろりと立ち上がり、はなに向かって弱々しく微笑んだ。

「大丈夫です。慣れぬ道を歩き、少し疲れただけのこと」

色白で、すらりとした立ち姿が美しい――まるで深川の漁師町に舞い降りた鶴のようだと、はなは思った。

「あのぅ」

卯太郎がおずおずとした声を出して、一歩近寄ってくる。

「もしや小川《おがわ》町の内藤《ないとう》さまの――詩織《しおり》さまではございませんか」

さわは顔を強張《こわば》らせながら、武家娘を自分の背に隠すように、わかめの籠を抱えたまま卯太郎の前にずいっと歩み出た。

「どっ、どなたです⁉　このお方にご無体を働けば、ただでは済みませんよ！」

卯太郎は数歩下がって間を空け、さわを安心させるように微笑みかけた。

「てまえは旭屋の跡取り、卯太郎でございます。詩織さまとは、お屋敷のお台所でお会いしたことがございます。お台所で働いていらっしゃるさわさんもご一緒でしたね」

さわは眉《まゆ》をひそめて卯太郎を見つめ、やがて「あっ」と小さく叫んだ。卯太郎の話に思い当たる節があったようだ。

さわの後ろから、詩織がじっと卯太郎の顔を覗《のぞ》き込む。

「おお、わたくしに鰹出汁《かつおだし》の取り方を伝授してくれた卯太郎ですか」

はなは眉根を寄せて首をかしげた。どう見ても台所に立ちそうにない武家のお嬢さまに、出汁の取り方を伝授――？

卯太郎はにっこり笑って詩織に一礼した。

「伝授などと、たいそうな真似はしておりませんが――本日は、このようなところでいかがなさいましたか。袖の短いお召し物までご用意されて」

普段は振袖をまとう暮らしなのか。

詩織はさわが抱えている籠の中のわかめに悩ましげな目を落とした。

「わたくし、髪が黒々ふさふさと生えてくる食べ物を買い求めにきたのです」

「へぇ？」

はなは思わず変な声を上げてしまった。詩織は意に介した様子もなく、真剣な顔でわかめを見つめ続けている。

「海の中にゆらめいて生えるわかめや昆布は、まるで緑の黒髪のごとく——それを食べた者もまた、豊かな黒髪になると聞きました」

「はあ……」

そういえば、そんな話を聞いたことがあったような——と思いながら、はなは詩織の髪を見た。高島田《たかしまだ》にきちっと結い上げられた髪は黒々として美しい。

「今でもじゅうぶんお綺麗《きれい》ですけど」

はなは、さわに目を移した。大年増を越えて老齢に片足を突っ込んでいるのか、よく見ると細い白髪が混じっている。

はなの目線に気づいたさわは、むっと眉を吊《つ》り上げた。

「わたしではありませんよ」

では誰の髪が――はなが声に出して問う前に、卯太郎が咳払《せきばら》いをして止めた。何か事情があるのか。

さわも小さく咳払いをすると、わかめの籠を抱え直して、卯太郎に向き直った。

「すみませんが、駕籠《かご》を呼んできていただけませんか。詩織さまはおみ足を痛めておいでです」

「かしこまりました。はなさん、お二人を頼みます」

「あ、はい」

踵《きびす》を返す卯太郎に、さわが叫ぶ。

「待ってください！　この人を置いていくんですか！」

「その人は大丈夫です！　てまえもすぐ戻りますので！」

卯太郎は振り向きもせずに駆けていき、あっという間に姿が見えなくなった。

さわがじいっと、はなを横目で見てくる。ずいぶん用心されているようだ。気詰まりを感じながら、はなは黙って立っていた。

しんと静まり返った小道の上を烏がかぁかぁ鳴きながら飛んでいく。

詩織が毅然《きぜん》と背筋を伸ばしてはなを見た。

「わたくしは詩織、この者は屋敷の台所で働くさわです。助けてくれた礼を申します」

改めて名乗りを上げる詩織に、はなも姿勢を正した。

「あたしは神田須田町の一膳飯屋《いちぜんめしや》、喜楽屋に住み込みで働いております、はなと申します」

詩織は微笑みながらうなずいた。

「はなと卯太郎が通りかかってくれて、本当に助かりました。駕籠を呼ぼうにも、この辺りに駕籠屋はないようなので」

優しげな詩織の笑みに、はなも笑い返す。

「おみ足は大丈夫ですか？　どこかにお座りになっていらしたほうがよろしいのではございませんか」

詩織はゆるゆると首を横に振った。

「いつもより多く歩いて、足と胸が少し苦しくなっただけです。ここで休んでいたら、だいぶ良くなりました」

「小川町のお屋敷から、ずっと歩いていらしたんですか？」

「すぐそこまでは辻《つじ》駕籠で参ったのですが、漁師たちに奇異な目を向けられたゆえ、駕籠を帰してしまいました。あまり目立ちたくなくて……」

空色の上等な小袖で漁師町を歩くほうが目立つのではないかと、はなは思ったが、あえて口には出さなかった。

人目を避けてこの小道で休んでいたのだろうが、地元の者しか通らぬような、うら寂しい場所だ。はなとて、卯太郎の案内がなければ通らなかったに違いない。

門前町などの賑《にぎ》やかな場所に出れば、辻駕籠も拾えただろうが――見るからに世慣れていない武家娘が供侍もつけず、わざわざ辻駕籠に乗って、深川までわかめを買いにくるとは――。

はなは、さわが持つわかめの籠に目を向けた。誰のために大量のわかめが必要なのか気になるが、事情を尋ねてよいものかどうか。

はなの目線を追った詩織の頬がほんのり赤く染まった。

「このわかめは、わたくしの大事な」

「おっしゃってはいけません！」

言いかけた詩織を、さわがさえぎった。

「何のために人目を忍んでご苦労なされたのか、わからなくなってしまいます」

「ええ――そうね、わたくしが浅はかだったわ」

詩織は口を引き結び、肩を落としてうつむいた。はなは、わかめの籠から目をそらす。

三人とも黙り込んで、じっと小道に立っていた。

気まずい。

手持ち無沙汰《ぶさた》に空を見上げても、烏も雀も見当たらない。気をまぎらす術《すべ》もなく、はなはただじっと突っ立っていた。

やがて二丁の駕籠を引き連れた卯太郎が戻ってきて、はなはほっとする。

さわは自分のような下女に駕籠などもったいないと言い張っていたが、一刻も早くお屋敷へ戻るためだと卯太郎に促され、恐縮しながら駕籠に乗り込んだ。

卯太郎がやれやれという顔をした時、先に駕籠に乗っていた詩織がふいっと降りてきた。

「わたくし、まだ屋敷へは帰りませぬよ。このまま神田の青物市場や、日本橋の魚《うお》河岸《がし》へも参ります」

卯太郎が目をむいた。

「このままお屋敷へお帰りになられたほうがよろしいかと存じますが――」

さわも慌てて駕籠を降り、詩織に懇願する。

「詩織さま、今すぐお屋敷へお戻りください。足りない物は、あとでわたしが何とでもいたしますので」

「嫌っ」

詩織は身をひるがえし、はなにしがみついてきた。

「わたくしはまだ帰りませぬ！　髪によい食べ物を、もっと探し回るのです！」

さわは顔面蒼白《そうはく》になった。

「詩織さまのおん身に何かあったら、わたしはいったいどうすれば」

「何もなければよいのでしょう。大丈夫です」

詩織は唇を尖《とが》らせて、はなの背中に回り込む。さわが憮然《ぶぜん》とした面持ちでよろよろと迫ってきた。

「詩織さま、お願いですから、駕籠へお乗りください」

さわは詩織に訴えながら、はなの腕にしがみついてくる。どこうと思って一歩右へ動いたはなの背に、詩織がぴったり張りついてきた。

「詩織さま、お願いでございます」

「嫌ったら、嫌！」

はなは前から後ろから両腕をつかまれ、身動きが取れなくなった。

「あのぉ、ちょっと、痛いです」

言ってみるが、二人は聞く耳を持たず、はなをはさんで睨《にら》み合う。

「それで、いってえ、どうなさるんでぃ？」

駕籠かきたちが卯太郎を見た。卯太郎は困り果てた顔でおずおずと詩織の前に歩み出る。

「ここはひとまず、てまえどもの店へいらしてくださいまし。うちでお休みいただいている間に、てまえが青物市場と魚河岸へ走りますので」

「旭屋へ行けば、店の者が屋敷に報《しら》せるでしょう」

「お報せはいたしません。お約束いたします」

「おまえが約束しても、店主が許さぬでしょう」

「それは――」

卯太郎が目を泳がせる。

「旭屋へは参りませぬ。青物市場へも魚河岸へも行けぬうちに連れ戻されれば、何のために屋敷をこっそり抜け出したのかわからなくなります」

断固たる詩織の声に、はなはそっと振り向いた。すぐ真後ろで、詩織が挑むように卯太郎を睨みつけている。

「まずは、はなが勤める喜楽屋とやらへ参りましょう」

「ええっ」

はなと卯太郎がそろって声を上げた。詩織は得意げに口角を引き上げる。

「喜楽屋で少し休ませてもらったのち、青物市場と魚河岸へ向かいます。よいですね？」

有無を言わせぬ詩織の口調に、はなはたじろいだ。このまま詩織を連れ帰って、何かあったらどうしよう。

「あの、でも、喜楽屋は小さな一膳飯屋《いちぜんめしや》で、詩織さまがいらっしゃるような店ではないと思いますけど」

迷惑だともはっきり言えず、遠回しに断ろうとしたはなの言葉に、さわが大きくうなずいた。

「そうですよ、詩織さま。小汚い犬小屋のような店だったらどうなさるんです。とても座ってなんかいられませんよ」

「ちょっと、喜楽屋は汚くなんかないですよ！」

はなは思わず言い返した。詩織を早く連れ戻すための方便かもしれないが、さわの言い草はあんまりだ。

「喜楽屋はねえ、毎日あたしとおせいさんが掃除して、ぴっかぴかにしてるんだよ！　猫を飼ってたって、暖簾《のれん》を出してる間は店に入れてないし、猫の毛が落ちてるなんて言われたことないんだからっ」

「では、わたくしが行っても何の問題もないわね。すぐに喜楽屋へ参りましょう」

詩織がにっこりと笑った。

「喜楽屋の他へ行くのであれば、わたくしはここを動きませぬ。わたくしが駕籠《かご》に乗ってから他へ連れていこうとするならば、わたくしは駕籠を飛び降りますよ」

さわが「ひいっ」と悲鳴を上げる。

「お、おやめください。お輿《こし》入れ前の大事なお体に傷を負われたら、どうなさるのですか」

さわは真っ青な顔で足元をふらつかせた。本当にやりかねない気性ということか
――はなはため息をついて、卯太郎を見た。

「喜楽屋にお連れするしかありませんね。ちょうど今日は店が休みで、誰も来ませんし」

はなの言葉に、卯太郎はげっそりした顔でうなずいた。

えっさほいさとやってきた二丁の駕籠が喜楽屋の前に止まると、道行く人々は物

珍しそうな目を駕籠に向けながら通り過ぎていった。

町の小さな一膳飯屋に駕籠で乗りつける者などまずいない。しかも二丁だ。近所の人々は何事かと思うだろう。

卯太郎が駕籠代を払っている間に、はなは急いで詩織とさわを店の中へ入れた。

今日は店が休みで暖簾を出していないが、はなもおせいも出かけたため、階段の上に衝立《ついたて》を置いてある。衝立の案は今のところ上手《うま》くいっており、衝立がある時、こはくは二階から下りてこない。今は二階から物音もしないので、こはくはきっと、ぐっすり眠っているのだろう。

はなは二人を小上がりに案内すると、湯を沸かして茶を淹《い》れた。

さわは喉《のど》が渇いていたらしく、あっという間にごくごくと茶を飲み干した。はなが水を汲《く》んで渡すと、これも一気に飲み干した。

詩織はおっとり微笑みながら両手で湯呑茶碗《ゆのみぢゃわん》を握りしめ、ほうっと息をついている。すっかりくつろいだ様子だ。

「神田の青物市場はここから近いのですか？」

「はい、すぐそこの――」

言いかけて、はなは口をつぐんだ。空色の上等な小袖《こそで》をまとった詩織がしゃなり

しゃなりとやっちゃ場《ば》（青物市場）を歩けば、非常に目立つだろう。さわも同じことを考えたようで、ぶるぶると首を横に振っている。

「ええと――やっちゃ場は朝が早いので、いい青物はもう残っていないかもしれません」

はなの言葉に、さわが身を乗り出してうなずいた。

「青物は採れたてが一番でございます。お屋敷の菜園の青物であれば、詩織さまがお選びになった物をその場でわたしが採らせていただきます」

がっくりうなだれる詩織に、さわは勢いよく畳みかけた。

「魚河岸《うおがし》も同じでございますよ。売れ残りの魚しか残っていないのであれば、行っても仕方ございません。どうか今すぐお屋敷へお戻りください。旭屋の若旦那《わかだんな》にお願いして、お迎えを呼んでいただきましょう」

さわがみなまで言い終わらぬうちに、店の戸が外からがらりと開いた。

おせいと弥一郎が戸口に立って、ぽかんと小上がりを見つめている。

さわがすがるような目をはなに向けた。

「今日はお店が休みのはずでは――」

「大丈夫。あの人は喜楽屋の女将《おかみ》さんで、おせいさんです」

　おせいは困惑顔で一礼した。さわは恐る恐る弥一郎に目を移す。

「あちらのお方は……？」

「小石川御薬園同心の岡田弥一郎さまです。……あたしのお目付役なんです」

「お目付役？」

　さわが訝《いぶか》しむ目ではなを見る。はなはごまかし笑いを浮かべた。

「まあ、岡田さまは御薬園同心ですの」

　詩織がぱっと目を輝かせて腰を浮かせた。

「御薬園同心であれば、何か髪によい薬草などご存じではありませぬか？」

　弥一郎はすっと冷たく目を細め、はなをななめに睨《にら》んだ。静かに怒っている顔だ
――はなの背筋を青い冷気が駆け下りた気がした。わずかに開いたままの戸の隙間からも、ひゅうっと冷たい風が吹き込んでくる。

　詩織がくしゅんと小さなくしゃみをした。おせいは我に返った顔で戸をぴっちり閉め直し、新しい茶を淹れる。

　はなは弥一郎に目で促され、深川からのなりゆきを話した。話が進むにつれて、床几《しょうぎ》に座って聞いていた弥一郎の顔がどんどん険しくなっていく。

「良太の似顔絵など作って捜し回るから、厄介事に巻き込まれるのだ」

小上がりを一瞥《いちべつ》する弥一郎に、詩織がむっと唇を尖《とが》らせた。

「まあ、わたくしを厄介事とおっしゃいますの」

弥一郎は盛大なため息をついて腕組みをした。

「明らかに忍び歩きの女が二人——どう見ても厄介事であろう」

卯太郎が慌てた顔で弥一郎の耳に口を寄せる。

「岡田さま、こちらはお旗本の」

「知らぬ。忍び歩きの身であれば、聞かぬほうがよかろう」

弥一郎が鋭い声でさえぎった。

「たとえどのような身分のお方であろうと、物陰に引きずり込まれてなぶり者にされたあげく殺されれば、どうしようもない。下手に家名を知られれば、恥の上塗りという事態にもなりかねぬ」

詩織はわなわなと唇を震わせたが、やがて両手で顔を覆って泣き出した。

「だって、わたくし、どうしても欲しい物があったのですもの」

弥一郎は不機嫌丸出しの顔で、にべもなく言い放つ。

「過ぎたわがままは、いつか身を滅ぼす。台所働きの下女が逆らえぬのをよいことに、屋敷を抜け出す手引きをさせるとは、まったく。無理を命じられたおかげで、きっとその者は罰を受けるであろうな」

　さわは青ざめた顔で身を縮ませた。詩織は涙に濡《ぬ》れた頬をそのままにきっと目を見開き、弥一郎を睨みつける。

「なぜ、さわが罰を受けねばならぬのです。悪いのは、わたくしでしょう」

「上に立つ者としての自覚がまるでないとは嘆かわしい」

　詩織は唇をわななかせ、しくしくとまた泣き始めた。

「だって、わたくし、どうしても房之介《ふさのすけ》さまのもとへ嫁ぎたいのですもの。房之介さまの薄毛を何とかせねば、この縁談は壊れてしまいます。それゆえ髪によい食べ物を探し求めようと、わたくしは必死で」

　はなは啞然《あぜん》と口を開けた。

「え――薄毛で縁談が壊れる？」

　何の冗談かと思いきや、詩織は本気で泣いている。さわも悲愴《ひそう》な面持ちでうつむいているし、「たわけたことを申すな」と激怒しそうな弥一郎までもが痛ましげな目つきになった。

　はなは床几に座る弥一郎に近寄り、そっと小声で聞いた。

「薄毛って、そんなにまずいんですか」

弥一郎は苦虫を嚙《か》み潰《つぶ》したような顔でうなずく。

「もし万が一にもはげて髷《まげ》が結えなくなれば、武士としての体面を保てず、隠居であろうな」

「そんな。何か手立てはないんですか。かもじとか――」

かもじとは、つけ毛のことである。切った人髪や抜け毛を集めて作られるが、安物のかもじには馬毛などが使われている。

「かもじは女が髪を結う時に使ったりする物ですけど、男が使ってもいいんじゃないですか？」

弥一郎は顎《あご》に手を当て、遠い目をした。

「かつて、おれが通っておった剣道場に、つけ鬢《びん》を使う者がいた。剣の腕はなかなかのものであったが、いざ激しく打ち合うと、つけ鬢が取れるのを気にして動きが小さくなり、大事な局面で力が発揮できず、かもじ侍と愚弄《ぐろう》されるようになってしまったのだ」

「かもじ侍ですか……」

何とも不名誉なあだ名だ。

「その者は番方《ばんかた》（武官）でな。肝心な時に刀を振るえぬようではお役目に差し障ると、息子の元服を待って隠居した。まだ早いと引き留める声もあったが、気鬱《きうつ》の病になったと押し切ったのだ。――耐えられなかったのであろうな」

詩織がわっと声を上げて小上がりに泣き崩れた。

「房之介さまも、たいそう薄毛を気になさっておいでなのです。緑川《みどりかわ》家では代々つけ鬢を使う男子が多く、房之介さまのお父さまも、お爺《じい》さまも、髷を結えなくなる不安をずっと抱えておられました。緑川家と我が家には長年の深い親交があり、わたくしも、わたくしの父も、その事情は承知しておりますのに」

詩織はしゃくり上げながら続けた。

「それなのに、房之介さまは、他家へ嫁いだほうがわたくしの幸せではないのかとおっしゃるようになって――わたくしは幼い頃より房之介さまをお慕いしておりますのに、破談にしようだなんてあんまりです。もし髷が結えなくなり、家督を継げなくなっても、わたくしは構わないのに。房之介さまと一緒にいられれば、わたくしは――」

むせび泣く詩織に、さわがそっと寄り添った。

「詩織さま、大丈夫でございますよ。きっと滞りなく若殿さまのもとへ嫁げますとも。さわは信じております」

詩織は幼子のように声を上げて泣きながら、さわの膝《ひざ》に顔を伏せる。

「房之介さまは、わたくしを信じておられぬ。いざ髷が結えなくなれば、わたくしの心が離れると思うておられる。近頃は部屋にこもりがちで、食事もあまり召し上がらなくなってしまわれたとか」

「若殿さまがご深刻になられるのも、詩織さまを心底から大事に思っておられる証《あかし》でございます」

「大事に思うてくださるのなら、何でも話してほしいのに。なぜ房之介さまは、わたくしを遠ざけるのです。もし、このまま会えなくなったら——」

「大丈夫でございますよ。そんなことにはなりませんとも」

詩織は房之介さまとやらに本気で惚《ほ》れているのだろう。下女のさわが懸命に慰めている様子といい、詩織はたんなるわがままな武家娘ではないようだ。

はなは弥一郎の前に立った。

「髪によい食べ物をご存じでしたら、教えて差し上げてください」

弥一郎は小上がりを気にしながら、首を横に振った。

「気の毒とは思うが、おまえにも、おれにも、いっさい関わりのないことだ。早くお引き取り願え」

「でも」

　はなは小上がりを振り返った。

　幼子のように泣き続ける詩織の姿に身分の隔たりは感じない。恋しい男を想って泣くのは、武家娘も町娘もみな同じなのだろう。

　慣れぬ忍び歩きで疲れてしゃがみ込んでいた詩織の姿に、はなは良太を追って鎌倉から江戸を目指した道中を重ね合わせた。

　堂の軒下に一人座り込んで朝を待った心細い夜――心細くとも、引き返すことなど考えなかった。ただ良太を捜すことだけを考えていた。

「好きな人をあきらめられない詩織さまのお気持ちはよくわかるんです」

　眉《まゆ》をひそめる弥一郎の目を、はなはじっと見つめた。

「あたしだって、良太さんをあきらめられませんから」

　弥一郎は何か言いたげに口を開きかけたが、唇を引き結んで天井を睨《にら》んだ。

「許嫁《いいなずけ》どのは髷が結えなくなるやもしれぬと恐れるあまり、気がふさがっておるのであろう。まずはゆったりとした心持ちになることが大事ではないか。本人の好きな物を食わせ、楽しみ事で気をまぎらわせてはどうだ」

　小上がりの詩織が涙に濡《ぬ》れた顔を上げた。

「房之介さまのお好きな物……楽しみ事でございますか……」

詩織はじっと考え込むが、何も思い浮かばないようだ。

「どうしましょう。わたくし、房之介さまのことを何も知らないのだわ」

また涙ぐむ詩織に、弥一郎はため息をつく。

「まだ嫁いでおらぬのだから、知らぬことが多くとも仕方あるまい。そもそも、悩み過ぎるのがよくないのだ。心身一如《しんじんいちにょ》と言うであろう。心が弱れば体も弱り、体が弱れば心も弱る。心身が衰弱すれば、髪もまた衰えるはず。髪のために何かせねばという考えは一度捨てて、蜜柑風呂《みかんぶろ》にでも入ればよいのだ」

「蜜柑風呂でございますか……？」

「実の採れる時期によっては、柚子《ゆず》や橙《だいだい》でもよい。よい香りに包まれながら湯につかれば、心身が癒《いや》されるであろう。間違っても、蝙蝠《こうもり》の黒焼きなど使ってはならぬぞ」

はなは顔をしかめた。

「蝙蝠の黒焼きを風呂に入れるんですか？　まさか食べるんじゃないですよね？」

「毛生え薬として頭に塗るのだ。はげたところを松の葉でこすって血を出し、そこに胡麻油《ごまあぶら》で溶いた蝙蝠の黒焼きを塗るらしいのだが——腫《は》れて痛んで、とんでもないことになった男がおったそうだ。しかも毛は一本も生えなかったらしい」

　はなは身震いした。松の葉で頭をこすって血を出すなんて、思い浮かべただけで痛そうだ。弥一郎も顔をしかめている。

「それは『都風俗化粧伝《みやこふうぞくけわいでん》』に書かれてあった髪生え薬でございますね」

「許嫁どのは、すでに試されたか」

「いいえ。試されたのは蝙蝠の髪生え薬ではなく、秦椒《しんしょう》（冬山椒《さんしょう》の実）などから作る髪生え薬だそうです」

　弥一郎が興味深そうに詩織を見る。

「あれは非常に効き目が強いそうだな。素手で扱ってはならぬと聞いたが」

「はい。必ずへらを使って塗らねばならぬ薬で、もし誤って指などにつけば、薬がついたところから毛が生えるという恐ろしい薬だそうです」

「それで、効き目のほどは」

　弥一郎の問いかけに、詩織は首を横に振る。

「駄目でした。房之介さまはひどく落胆なさり、せっかく入手なさった『都風俗化粧伝』を焼き捨ててしまわれたそうです。それ以来、もう望みは断たれたとおっしゃるようになって」

重苦しい沈黙が場に漂った。

薬がついたところから毛が生えてくると言われるほど効き目の高い薬を使っても毛がふさふさにならないのであれば、房之介の薄毛は一生変わらず——いや、このまま変わらなければよいが、はげて髪がなくなってしまったら——。

「緑川家の跡継ぎは家督を継ぐ前からつけ鬢《びん》かと、房之介さまを嘲笑《ちょうしょう》する声が上がっているそうで……わたくしの耳にも入るくらいですから、房之介さまもご存じでございましょう」

悲しげにうつむく詩織が哀れだ。

「房之介さまのため、わたくしにできることは何でもしようと思ったのですが、けっきょく何もできませんでした」

自嘲《じちょう》の笑みを浮かべる詩織に、はなは思わず大きな声を上げた。

「そんなことありません！　詩織さまは、わかめをお買い求めになられたじゃありませんか。詩織さまにとっては、大変なご苦労だったはずです」

「さわには迷惑をかけました。わたくしは、わかめの買い方も知らず、鰹出汁《かつおだし》の取り方も知らず——出汁を取るのに鰹節を削ることさえ知らなかったのです。鰹節を一本丸ごと煮えたぎる湯の中に入れようとして、居合わせた卯太郎に止められました」

　卯太郎は小さくうなずいて苦笑する。

「先日おれがご注文のお品をお屋敷のお台所にお届けした時、ちょうど詩織さまが鰹節を一本握りしめていらして、驚きました。出汁を取るにはまず削り節にするんですよと、思わず口を出してしまいまして」

　それで「鰹出汁の取り方を伝授してくれた卯太郎」なのかと、はなは合点がいった。

　卯太郎が詩織の前に歩み出る。

「若殿さまのために詩織さまが自らお台所に立たれたと聞き、てまえは感服いたしました。包丁など握ったことのないお方が、若殿さまのおぐしによい料理を懸命に模索なさるとは」

「塗る髪生え薬はもうこりごりだと伺ったので、髪によい食べ物をさりげなくお出ししたかったのです。だからまずは、わかめの味噌汁《みそしる》など作ってみようかと思ったのですが」

　詩織の表情は硬い。卯太郎とさわも顔をわずかに引きつらせている。どうやら、とんでもないわかめの味噌汁ができ上がったようだ。

「わたくしの想いをすべて伝えたいと思うがあまり、玉杓子《たまじゃくし》いっぱいによそった味噌をすべて鍋《なべ》の中に入れたのは過ちでした。一人分の小鍋でしたのに」

はなは口の中に玉杓子いっぱいの味噌を突っ込まれたような気になった。思わずしょっぱい顔をしていたら、不意に詩織と目が合って慌てる。

「詩織さまの若殿さまへの想いは、本当に濃く——いえ、深いんですねえ」

「ええ」

詩織が頬をぽっと赤らめた。

「強くお慕いしております。幼い頃にお会いした房之介さまはとてもお優しくて、やることなすことお転婆者めと叱られていたわたくしにも観世音菩薩《かんぜおんぼさつ》さまのようなたおやかな笑みを向けてくださいました」

詩織は過去を振り返るように小上がりの床に目を落とす。

「秀でた兄や姉と比べられ、いつもいじけていたわたくしにとって、房之介さまの優しい笑みはまるで穏やかな木漏れ日のようで——まぶし過ぎずに心地よく、心の影をしっかり照らしてくれるような——わたくしは、あの笑顔をいつまでも見つめていたいと思ったのですわ。こんな気持ちは初めてですの」

再び顔を上げた詩織の目は潤んでいた。

「年頃になって会うことももままならなくなりましたが、房之介さまのもとへ嫁ぐと決まった時、わたくしと房之介さまは前世からの強い縁《えにし》で結ばれているのだと思いました」

下町の女ならともかく、旗本の娘として生まれたからには、親の決めた縁談相手の顔を一度も見ぬまま嫁ぐことなど珍しくないだろう。町娘だって、大店《おおだな》のお嬢さんなどは、店のため親の決めた相手に嫁いでゆく。

年頃になった詩織が縁談に不安を抱いていたのなら、相手が初恋の君と知って、どれほど喜んだことだろう。

「わたくし、薄毛なんて本当に気にいたしませんのよ」

はにかみながら言い切る詩織は可愛らしく、そして頼もしい。見目麗しいだけの男にうつつを抜かすような軽薄さは微塵《みじん》も感じられない。

若殿さまが詩織さまのお気持ちにもっと向き合ってくだされぱいいのに――と、はなが思った時、それまで黙っていたおせいが口を開いた。

「そういえば、大工の佐助さんが以前、髪結いに髪を褒められたと言っていたけれど。もしかしたら好物の牡蠣《かき》や鱈《たら》をたくさん食べているせいかしら」

卯太郎は目を見開いて両手を打ち鳴らした。

「そうだ、牡蠣が髪にいいかもしれませんよ！　おれの周りではげる心配のないやつは、偶然かもしれませんが、みんな牡蠣が大好物です」

牡蠣は仲秋《ちゅうしゅう》（陰暦八月の異称）から春の間が旬《しゅん》である。夏になると身がもろくなり、味も落ちるので、漁師は獲《と》らなくなるという。

部屋にこもっている若殿さまが牡蠣を美味《おい》しく食べ、詩織さまを誘って花見にでも出かける心境になってくれればいいのにと、はなは思った。

江戸の花見は梅に始まり菊に終わると言われているが、あと数日で梅見月《うめみづき》（陰暦二月の異称）だ。若殿さまがいつまでもぐずぐず部屋に閉じこもっていれば、咲いた梅は散り、あっという間に桃や桜の盛りまで過ぎてしまうのではないか。

もし詩織さまの恋が無残に散ってしまったら――はなは首を横に振って、頭の中で散り乱れた梅の花びらから目をそらした。

「じゃあ、牡蠣とわかめをたっぷり使った料理を召し上がっていただいたらいいんじゃないですか？　多少食べ過ぎたって、どうってことないでしょうし」

はなは明るく声を出した。おせいと卯太郎とさわが力強くうなずく。弥一郎も納得したような顔をした。

それで一件落着かと思いきや、詩織はまだ不安げに顔を曇らせていた。

「房之介さまは召し上がってくださるかしら……誰が何を言っても、今は聞く耳を持ってくださらないかもしれません」

「ご心配であれば、詩織さまのお屋敷でお食事をご用意して、若殿さまをお招きしたらいかがでしょう。そうすれば、ちゃんと召し上がっていただけたか確かめられますよね」

はなの提案に、詩織は物憂げな目を伏せる。

「わたくしの屋敷で房之介さまのためのお食事を用意するのは難しいでしょう。実は、房之介さまが破談を考えていると知ったわたくしの父が怒ってしまって――」

さわが深刻な顔で同意する。

「うちのお殿さまも、初めは緑川の若殿さまにご同情なさっていらしたのですが。そのうち、あんな腑《ふ》抜《ぬ》けは放っておけとおっしゃるようになられまして。今では若殿さまのお話をいっさいなさいません」

わかめを買うためにこっそり屋敷を抜け出さねばならぬくらいだから、詩織の父の立腹ぶりは相当なのだろう。

詩織が居住まいを正してはなを見た。

「房之介さまのため、髪によい料理を喜楽屋で用意してはくれませぬか」

「えっ」

　はなはおせいと顔を見合わせた。眉《まゆ》を八の字にしたおせいの困り顔を見て、はなは自分も同じような顔になっているのだろうと思った。

　詩織の力になってあげたいとは思うが、若殿さまと呼ばれるお方が一膳飯屋《いちぜんめしや》の料理など食べるだろうかと、はなは不安になる。

　緑川家がどれほどの家格か知らないが、お毒見役やら何やら、大名行列のように家臣をずらりと引き連れてこられたらどうしよう。きっと須田町は大騒ぎになる。

　それに、髪によいと思われる料理を出して、もし効き目がなかったら、喜楽屋の落ち度になってしまうのだろうか――。

　はなは唇を嚙《か》みしめ、拳《こぶし》を握り固めた。

　髪によい食材を弥一郎に尋ねた時は、詩織の力になりたいと思ったのに。喜楽屋でもてなしを頼まれれば腰が引けてしまう自分は卑怯《ひきょう》者か。

「これ以上、喜楽屋を巻き込むな」

　弥一郎の低い声が店内に響いた。詩織は弥一郎に向き直り、両手を合わせる。

「どうか頼みます。わたくしに力を貸してください」

　弥一郎が黙っていると、今度はおせいに向き直り、詩織は頭を下げた。

「この通りです。礼は弾みますので」

おせいは慌てた顔で小上がりの前にしゃがむ。

「おやめください。お顔を上げてくださいまし」

詩織はそっと上目遣いでおせいを見た。

「では、わたくしの頼みを聞いてくれますか」

「それは――」

詩織はおせいににじり寄ると、がしっと両肩をつかんだ。

「明日、房之介さまをここにお呼びいたしますので、何とかして髪によい物を食べさせてください。髷《まげ》の不安がなくなれば、房之介さまもきっと破談など考えなくなるはず。快活な房之介さまに戻られれば、きっと父上のお怒りも解けましょう」

おせいは困り果てたような顔をはなと弥一郎に向けた。肩に置かれた詩織の手を振り払えない様子だ。身分に遠慮しているのではなく、一途《いちず》な詩織の想いを前にして、断り切れないようだった。

弥一郎が厳しい顔で床几《しょうぎ》から立ち上がる。

「これ以上ここにいても仕方ない。早く屋敷へ帰るのだ」

「髪によい料理を作ると約束してもらうまでは、帰りませぬ」

「みなを困らせるだけだ」

弥一郎はゆっくりと小上がりへ歩み寄った。まさか力ずくで詩織を追い出すつもりではあるまいが――。

はなはとっさに駆け寄って、弥一郎の前に立ちはだかった。

「若殿さまのために料理を作るかどうかは、おせいさんが決めることです」

「何だと」

「髪によい料理を作ってくれというのは、喜楽屋への注文です。受けるか断るか決めるのは、喜楽屋の女将《おかみ》、おせいさんです。弥一郎さまじゃありません」

はなは小上がりを振り返った。

困ったように眉尻《まゆじり》を下げていたおせいの口角が、わずかに引き上がる。

「喜んで、楽しく食事ができる場所――喜楽屋はそんな店を目指しているんですよ」

おせいは肩に置かれた詩織の手をそっとどけると、立ち上がってはなの隣に並んだ。

「こんな小さな一膳飯屋で、お旗本の若殿さまにご満足していただける料理が作れるかわかりませんが、詩織さまのご注文をお受けしたいと思います」

弥一郎は眉間《みけん》にしわを寄せて舌打ちをした。

「勝手にしろ」

言い捨てて、足早に店を出ていく。

音を立てて閉まる腰高障子を見つめながら、おせいは小さなため息をついた。

「おせいさん……本当にいいんですか？」

思わず確かめたはなに、おせいは唇を尖《とが》らせる。

「何を言ってるの、今さら。はなちゃんがわたしを焚《た》きつけたんじゃない」

「すみません」

はなは頭を下げた。

「ただし、わたしたちの仕事は料理を作ることだけですからね」

おせいは念を押すように、はなと詩織を交互に見た。

「わかってます」

「承知しております」

うなずくはなと詩織の後ろで、さわが深々と頭を下げる。

話がついたところで駕籠《かご》を呼び、卯太郎が詩織とさわを送っていった。

誰もいなくなり、こはくの様子を見ようとはなが階段を上がっていくと、衝立《ついたて》の向こうから「にゃあ」とこはくの声がした。

衝立から少し離れたところに、こはくが座っている。どうやら衝立がある時は階段を下りてはいけないと覚えたらしい。本当に賢い猫だ。

衝立をどかすと、こはくは、はなの足にしっぽを絡めてから階段を下りていった。

はなとおせいは小上がりに腰かけ、こはくを撫《な》でてやりながら、髪によい料理を思案した。

「詩織さまがお求めになったわかめは、できるだけそのまま味わっていただきたいと思います」

「詩織さまのお気持ちに、あまりよけいな手を加えないというわけね？」

「はい。それに、相手がお旗本でも、いつも通りでいいと思うんです」

「そうね。詩織さまは、うちの店をご覧になった上で、ご注文くださったんですもの。いつも通りでいいわね」

こはくがはなの隣にぺったり座り、膝《ひざ》に頭をつけてきた。その温《ぬく》もりを心地よく感じながら、はなはこはくの背を撫で続けた。

喜楽屋で引き取ってから、こはくは少し太ってきた。雉虎《きじとら》模様の毛並みも艶々《つやつや》してきて、相変わらず警戒心は強いものの、野良猫の面影がなくなりつつある。

ふさふさの毛並みを撫でながら、はなはまだ見ぬ房之介の髷に思いを馳《は》せた。

「わかめはさっと茹《ゆ》でて、お浸しにして、生姜醤油《しょうがじょうゆ》であっさり召し上がっていただくのはどうでしょう。食が細くなっていらっしゃるのでしたら、とにかく食べやすいのが一番ですよね」

「牡蠣《かき》はどうしましょうか。数多く召し上がっていただくなら、殻つきのまま焼いてお出しするのがいいかしら」

「七輪の上で牡蠣を焼いて、醤油をちょいと垂らして――ああ、いくつでも食べられますねえ」

熱々の牡蠣を殻ごと指でつまむ場面を思い描いて、はなはごくりと唾《つば》を飲んだ。

「でも、わかめと牡蠣をそのままお出しするだけでいいかしら……？」

おせいの呟《つぶや》きに、はなもうなずいた。

詩織の気持ちによけいな手を加えず器に載せる趣向といっても、あまりにも芸がなさ過ぎる。わかめをそのまま出すのであれば、牡蠣のほうは逆に何かしらの手を加えてみたほうがよいのではないか。

おせいと二人で唸《うな》っていると、詩織を送っていった卯太郎がまた戻ってきた。

「無事にお屋敷までお送りしてきました。明日の昼、若殿さまに喜楽屋へいらしていただけるよう、詩織さまがお文をお出しになるそうで。明日は詩織さまもいらっしゃるそうです」

「詩織さまは、何度もお屋敷を抜け出せるんでしょうか」

心配するはなに、卯太郎は笑って後ろ頭をかいた。

「いや、それが、お屋敷の奥さまが見て見ぬふりをなさってくださるそうです」

「じゃあ、今日のお忍び歩きも全部ご存じなんですか」

「詩織さまがお屋敷を抜け出されたことは、途中からお気づきになられたそうです。明日は詩織さまをお屋敷に閉じ込めるより、こっそり護衛をつけてお二人の行く末を見守るおつもりだと、奥さまはおっしゃられまして」

話のわかる奥さまだと、はなは感心した。きっと詩織は両親に慈しまれて、のびのび育ったに違いない。

「じゃあ、あたしたちは心置きなく牡蠣の料理を考えましょう」

三人並んで小上がりに腰かけ、知恵を絞る。

「牡蠣の殻焼きはおれも好きですが、食の細くなった若殿さまには鍋《なべ》なんかのほうがいいかもしれませんねえ……青物も一緒に食べられますし」

「味のお好みはおありかしら。食が細くなっていらっしゃるなら、あっさり薄味にしたほうが召し上がりやすいのかしら」

首をかしげるおせいに、卯太郎は唸る。

「うーん、もしお体が弱っていらしたら、薄味がよさそうですけど……ここは上方《かみがた》でもあるまいにと怒りだされたら困りますよねぇ」

江戸では上方より濃い味つけが好まれている。江戸の町ができた頃は汗水垂らして働く大工などの職人が多く、女より男が多い江戸では塩辛い味が広まった。その江戸っ子の濃い味好みが上方の薄口醬油に満足できず、濃口醬油を生み出したと言われている。

「ご自分で味を加減していただける料理をお出ししたらいいんでしょうかねぇ」

はなの呟きに、おせいが難しい顔をする。

「お旗本に味つけの仕上げをしていただける料理なんて、何かあったかしら。牡蠣に垂らす醬油の量を加減するくらいしか思い浮かばないわ」

「そうですよねぇ」

はなとおせいが考え込んでいると、卯太郎が「あっ」と声を上げた。

「土手鍋はどうです⁉」

鍋の内側に味噌《みそ》を塗り、牡蠣や青物を煮る料理である。味噌を鍋のふち近くに土手のように塗るので、土手鍋と呼ばれる。

「塗った味噌を少しずつ溶かしながら煮るので、若殿さまのお好みを伺いながら味を加減できるんじゃないですか？　大坂《おおさか》のほうでは、牡蠣船《かきぶね》なんかでもよく出されていますよ」

「へえ、牡蠣船」

「牡蠣料理を出す屋形船です。広島《ひろしま》から大坂に運んだ牡蠣を、川岸に繋《つな》いだ船の中で食べさせるんですよ。もし江戸育ちの若殿さまがご存じなければ、珍しがって箸《はし》をつけてくださるかもしれません」

おせいは慎重な面持ちでうなずいた。

「喜楽屋では作ったことがないけれど……やってみましょうか。青物も一緒に煮込めば、若殿さまのお体にもいいはずだわ」

はなもうなずく。

「じゃあ、牡蠣の土手鍋と、わかめを生姜醬油で召し上がっていただくので決まりですね。飯物はどうしましょう。土手鍋のあとで雑炊にしますか？」

「雑炊もいいけど、他に何か、髪にいい食べ物はないかしら」

はなは卯太郎を見た。

「さっき話に出た『都風俗化粧伝』を読んだことがありますか？　その書物の中には、髪によい食べ物がたくさん書かれているんでしょうか」

卯太郎は残念そうに肩を落とした。

「おれは読んでいません。岡田さまに頭を下げて、お知恵を拝借できませんかねえ」

御薬園同心の弥一郎が力を貸してくれれば心強いが……。

きっと弥一郎は、旗本が絡む一件だけに心配しているのだ。もし万が一にも若殿さまを怒らせれば、いったいどうなるか。

はなは小石川で武士に抜刀された騒動を思い返した。はなとぶつかって転んだ武士が怒り狂って刀を抜いたのだった。あの時は、酒気を帯びていた相手にも非はあり、弥一郎が何とか収めてくれたのだったが――。

詩織の許嫁《いいなずけ》は、あの時の武士よりもっと格上の旗本。いざ何かあれば、今度こそ無礼打ちにされるかもしれない。

はなは今さらながらに引き受けた注文の重さを嚙《か》みしめた。詩織の母も見守ってくれるというから、明日は何事もなく事が運べるとは思うけれど――。

「あたし、養生所までひとっ走りして、賄中間の彦之助さんに相談してきます」

小石川養生所の台所で働く彦之助は、以前はなと一緒にさつま芋雑炊を作った時、『甘藷百珍《いもひやくちん》』に載っていた通りに作ろうとしていた。喜楽屋で預かった迷子のためにいちご汁を作った時は、『料理珍味集』から得た知識で助言をくれた。

書物で料理の勉強をしているらしい彦之助なら、ひょっとして『都風俗化粧伝』も読んでいて、牡蠣とわかめの他に何か髪によい食べ物を知っているかもしれない。

彦之助が知らなくても、養生所には医師たちがいる。医師たちがよい案を授けてくれるかもしれない。

今回は弥一郎に頼らずやってみようと、はなは養生所へ走った。

「ああ、『都風俗化粧伝』に載っている話なら、わたしも聞いたことがある。髪を黒々とさせるには、確か黒胡麻《くろごま》を飲めばいいんじゃなかったかなぁ。毛生え薬ではなかったと思うが、髪が黒々とすれば、ふさふさにもなりそうじゃないか」

小石川養生所の台所に駆け込めば、彦之助は愛嬌《あいきょう》のある狸のような顔をかしげて事もなげに言った。

薄毛に悩む客のため、髪によい料理を喜楽屋で出したいのだと相談したが、相手が旗本ということは伏せてある。弥一郎を怒らせたことも言えなかった。

「書物には毛生え薬についても書かれてあるそうだが、頭に何か塗るのはやめておいたほうがいいと思うぞ。以前、蝙蝠《こうもり》の黒焼きを使った毛生え薬を頭に塗った男が養生所へ駆け込んできてな。薬を塗ったところが腫《は》れて痛んで、大変だったのだ。薬の調合に失敗したのか、それとも肌に合わなかったのか。弥一郎さまは、その薬自体が怪しいとおっしゃっていたが」

養生所で騒動があったから、弥一郎は『都風俗化粧伝』に目を通していたのか。

「黒胡麻をたくさん食べるのなら、害はないですよね」

「まあ、食べ物だからな。黒い物を食べて、黒々した髪になるよう願かけするのは、別に問題ないだろう」

「黒い食べ物で願かけですか――海苔《のり》とか、ひじきとか？」

「そうだな。あとは、黒豆もいいんじゃないか。黒豆の炊き込み飯に、黒胡麻でもかけて毎日食べれば、効き目がありそうじゃないか。病は気からとよく言うが、いいと思って食べれば、本当によくなるものさ」

「それです！」

はなは叫んだ。

「悪い思い込みは駄目だけど、いい思い込みは大事ですよね⁉」

はなの勢いに押されるように、彦之助は何度もうなずいた。

「ありがとうございます。じゃあ、あたしはこれで」

「弥一郎さまにお会いしていかないのか？　今日はまだこっちにお見えになっていない。もう少し待てば、いらっしゃるかもしれないぞ」

はなは笑って首を横に振った。

「おせいさん一人じゃ店が大変なので、もう帰ります。本当に、ありがとうございました」

はなは逃げるように養生所を出て、まっしぐらに喜楽屋を目指す。

わかめのお浸し、牡蠣《かき》の土手鍋、黒豆と黒胡麻がたっぷりの炊き込み飯――はなは明日の料理で頭の中をいっぱいにした。

怒って帰ってしまった弥一郎のことは考えまい。今はとにかく、若殿さまにお出しする料理のほうが大事だ。

と思っていたら、翌日、弥一郎がむっつりした顔で喜楽屋に現れた。

「おれはおまえの目付役だからな。事の顚末《てんまつ》を見届けねばなるまい」

少し遅れて、卯太郎と詩織もやってくる。詩織の供をしてきたさわは、奥方から護衛の話を聞いているのか、詩織に気づかれぬよう店の戸の向こうをちらちら気にしていた。

「わたくしも、房之介さまのために何か作ってみたいのですが」

たすきと前掛まで用意してきた詩織に否とは言えず、わかめのお浸しを任せることにした。

「わかめを洗って、さっと湯がいて、切るだけ？　味つけもしないのですか？」

それが料理かと言いたげに、詩織は唇を尖《とが》らせる。

「茹《ゆ》で過ぎないよう、さっと手早くお湯から出さなきゃいけませんから、意外と大変かもしれませんよ。大丈夫ですか？」

脅すように言うと、詩織は一瞬だけ怖気《おじけ》づいたような顔になったが、すぐに顎《あご》を引いてうなずいた。

「大丈夫です。見事に湯がいてみせますわ」

火傷《やけど》などされると困るので、詩織にはさわにぴったり張りついてもらう。

「まあ、茶色だったわかめを湯に入れたら鮮やかな緑に——これを水で冷やして切るのですね」

詩織が恐る恐る包丁を握ってわかめを切っている間に、はなは黒豆の炊き込み飯に取りかかった。

四半時(約三十分)ほど水に浸した米に、煎《い》った黒豆と塩を足して、飯を炊く。黒豆を入れる時も、火吹き竹で竈《かまど》の火に息を吹きかけている時も、はなは美味《おい》しく炊けますようにと強く念じた。いつも通りに炊けばよいと思いながらも、若殿さまに黒焦げの飯を出すわけにはいかないと、つい力みそうになってしまう。

はなは飯がふっくら炊き上がった場面を思い描きながら、飯釜《めしがま》の蓋《ふた》をじっと見つめた。耳を澄ませば、ぐつぐつと湿っぽく響いていた飯釜の音が、ぱちぱちと乾いた音に変わっていく。

やがて飯が炊き上がった。蒸らしてから蓋を開けると、淡い桃色に染まった黒豆の炊き込み飯がふっくら艶々《つやつや》と飯釜の中に鎮座していた。

「できましたわ……!」

わかめと取っ組み合うように包丁を使っていた詩織が、わかめを口に入る大きさに切り終えた。多少のばらつきはあるものの、食べやすそうな大きさに切られている。きっと恋しい許嫁《いいなずけ》の口に入ることを考えながら切ったのだろう。

はなは微笑ましくわかめを眺めながら、黒豆の炊き込み飯をおひつに移し、黒胡麻を振りかけた。

おせいも土手鍋《なべ》の下ごしらえを終えている。

「若殿さまがいらしたら、土手鍋に火を入れましょう」

だが、いくら待っても房之介は現れない。

「房之介さま、どうして――」

呆然《ぼうぜん》と呟《つぶや》いた詩織の姿に、はなは良太がいなくなったあの日を思い出した。

――良太さん、どうして！

床に突っ伏し、歯を食い縛って獣のように泣き叫んだあの日の痛みが、はなの胸によみがえる。

戸口に立って何度も外を確かめる詩織は、やがて待ちくたびれたように、がっくり土間に膝《ひざ》をついた。さわが慌てて抱き起そうとするが、詩織は土間に手をついて、動こうとしない。

まるで、かつての自分を見ているようだと思いながら、はなは詩織の前に立った。

「若殿さまのお屋敷はどちらですか？」

詩織は虚《うつ》ろな目を上げる。

「わたくしの屋敷と同じ、神田小川町の――ここからであれば、神田川沿いにある稲荷《いなり》から、お城の方角を目指すのがわかりやすい」

「では今からあたしが行って、若殿さまをお呼びしてきます」

床几《しょうぎ》に座っていた弥一郎が立ち上がる。弥一郎と目が合う前に、はなは喜楽屋を飛び出した。

「はな、待てっ」

弥一郎が追ってくる。はなは必死で走った。だが、八《や》ツ小路《こうじ》に出る前にすぐ捕まり、がっちり腕をつかまれた。

「放して！　放してくださいっ」

道行く人々が「何だ、何だ」と立ち止まる。はなと弥一郎の周りを遠巻きに野次馬が囲んだ。

はなは腕を振り回して逃れようとしたが、弥一郎に強くつかまれた腕は思うように動かせない。はなが暴れれば暴れるほど、弥一郎の力は強くなる。

「この大馬鹿者め。旗本屋敷へ行っても、門前払いを食わされるだけだぞ」

人目を気にしながら、弥一郎が小声で怒る。はなは唇を嚙《か》んだ。

「来てくださるよう、門番に言伝《ことづて》をお願いすればいいじゃないですか」

「相手には来るつもりがない。無駄に決まっておろう」

「じゃあ、詩織さまはずっと待ちぼうけですか」

「頃合いを見て、駕籠《かご》で帰すしかあるまいな」

「お帰りになるわけないじゃないですか。簡単にあきらめられるくらいなら、最初からわかめを買いにお屋敷を抜け出したりしませんよ」

「あきらめるしかあるまい。世の中、なるようにしかならぬのだ」

「そんなこと言われたって、気持ちはついていきませんよ。納得できないんだもの。あがきたくなるじゃありませんか」

「男を追ってあがく女など、見苦しいだけだ」

弥一郎は苦々しい声で吐き捨てる。

「追えば追うほど、相手は逃げるぞ。必死になればなるほど、嫌われるだけだ」

はなは奥歯を嚙みしめた。詩織のことを言われているのか、自分のことを言われているのか、わからなくなった。

「人の気持ちは変えられぬ。どんなにつらくとも、現状を受け入れ、おのれの心を変えていくしかないのだ」

はなの胸がずきりと痛む。良太を想うはなの気持ちを変えねばならぬと責められている気がした。

「弥一郎さまには人の気持ちが――女の気持ちがわからないんですか」

「そんなもの、わからなくてよい」

弥一郎につかまれた腕が痛い。胸の痛みと相まって、涙がこぼれそうになる。

うつむけば、弥一郎の腰の刀が目に入る。はなのまぶたに武家姿の良太が浮かび上がってきた。

もし良太が武士だったら——はなとは添えぬ定めなのだろうか。

「帰るぞ」

弥一郎に腕をぐいっと引っ張られ、はなはよろけた。転ばぬよう、足を踏ん張る。

「来い」

はなは引っ張られまいと抗《あらが》った。

土間にうずくまっていた詩織と、良太に去られて床に這《は》いつくばっていた自分は、似て非なるもの。詩織と若殿さまは許嫁《いいなずけ》なのだから、添い遂げられる定めのはずなのに——。

「詩織さまだけが変わらなくてはいけませんか。若殿さまは我が身を嘆いて部屋に引きこもっているだけでいいんですか。そんなの、ずるいじゃありませんか」

「黙れ」

弥一郎に力ずくで引っ張られた。踏ん張るはなの両足が、ずずずっと道の上を滑っていく。

野次馬たちが騒ぎ出した。

「さっきから女相手にみっともねえなあ！」

「二本差しが、妾《めかけ》になれとでも迫ってんのかぁ？」

道具箱を担いだ大工や、小簞笥《こだんす》を背負った刻み煙草売りなど、がっちりした体軀《たいく》の男たちが強面《こわもて》に声を上げる。

「ようよう、お武家さまようよう、嫌がる女に無体を働くんなら、このおれが黙っちゃいねえぜ」

「そうだそうだ！　おれも加勢するぜぃ。刀にびびって女を見捨てちゃあ、男がすたるってもんだ」

男たちがずいっと弥一郎の前に進み出る。男たちに気を取られた弥一郎の手から一瞬力が抜けた。その隙に、はなは弥一郎の手を振りほどいて逃げた。

「はな、待てっ」

弥一郎の前に男たちが立ちはだかる。

「姉さん、行きな」

「ここはおれたちに任せとけ。侍の言いなりになんかなるんじゃねえぞっ」

はなは走った。胸の中で弥一郎に詫《わ》びながら、振り向かずに小川町を目指す。

神田川を左へ向かい、武家屋敷が建ち並ぶ中、詩織の言っていた稲荷を探した。

鳥居の前に、お参りを済ませたらしい武家の女が立っている。下女を連れているが、あまり裕福には見えず、身にまとっているのは地味な小袖《こそで》だ。おそらく下級武士のご新造といったところだろう。

恐る恐る近づいて、緑川家の屋敷がどこか尋ねてみると、小首をかしげながらもすんなり教えてくれた。

やがて辿《たど》り着いたのは、番所つきの大きな長屋門前だ。両開きの大扉はぴったり閉じられている。はなは門構えに威圧されながら、くぐり戸の前に立つ門番に近づいた。

「あの……詩織さまの使いの者です。若殿さまにお取り次ぎをお願いいたします」

怖々と告げるはなを門番は睨《にら》んだ。険しい顔で片眉《まゆ》を吊《つ》り上げ、手にした六尺棒を大きく振って追い払う仕草をする。

「嘘をつくな。おまえのような者が若殿さまにお目通りを望んでも叶《かな》わぬぞ。物乞《ものご》いならよそへ行け」

頭のてっぺんから足の爪先までじろじろ眺め回され、はなは前掛をぎゅっと握りしめた。

前掛をつけたまま走ってきた町女房を侮っているのはよくわかるが、物乞いとはあんまりだ。悔しくて、何か言い返してやろうとはなは口を開きかけたが、門番に六尺棒をかざされて踵《きびす》を返した。

屋敷を取り囲む塀に沿ってとぼとぼ歩き、道を曲がる。振り返って門番の姿が見えなくなったのを確かめると、はなは塀に手をかけ背伸びをした。

中の様子が少しでも見えないだろうか。若殿さまに取り次いでくれる者が誰かいれば――。

「そこで何をしておる！」

背中にかかった鋭い声に、はなはびくりと身をすくめた。

「女、こちらを向け」

言われるままに振り向くと、はなは三人の武士に囲まれていた。三人とも腰の刀に手をかけている。武士たちの後ろには、先ほどの門番がいた。

「何者だ。塀を乗り越えようとしておったな」

はなは唇を引き結んだ。乗り越えようとまではしていなかったが、誤解されても仕方ないという自覚はある。

「誰に命じられて当家を探っておる」

詩織の母がつけたという護衛がすべて説明してくれればいいのにと都合のよいことを思っても、護衛は今頃、喜楽屋の外から詩織を護《まも》っているだろう。

「答えろ」

はなは無言をつらぬいた。正直に答えて、おせいたちに咎《とが》がおよんでは困る。ここで捕まっても、まさか拷問までは受けまいと楽観しかけた時、武士の一人が刀を抜いた。

はなは一歩あとずさる。背中が塀にぶつかった。逃げ場はない。喉元《のどもと》に刀を突きつけられる。

はなは身を震わせながら塀にもたれた。その場に崩れ落ちぬよう、何とか必死で立ち続ける。

詩織のために小川町まで走ったことを悔いはしない。

心残りはただひとつ、良太だけ。もし良太に再会できぬまま斬り捨てられたら、死んでも死にきれない。

はなは唇を震わせながら顔を上げ、目の前の武士を睨んだ。

あたしを斬ったら、化けて出てやる——。

声も出せず、ただ睨み返すことだけが、はなにできる唯一の抵抗だ。

「何だ、その目は」

武士がむっとした顔で刀を揺らす。はなの恐怖をあおるように、切っ先を喉から眉間《みけん》に移した。はなの目の前で長刀の刃《やいば》が鈍く光る。

このまま突かれたら、死ぬのか――と思った、その時。

武士たちの後ろで、黒い人影が動いた。かすかな足音に、はなを取り囲んでいた武士たちが一斉に振り向く。

いつの間にか深編笠《ふかあみがさ》をかぶった黒装束の男が現れて、はなと武士たちの間に素早く割って入った。あっという間に、はなは深編笠の男の背にかばわれる。

黒い着物に、黒い半袴《はんばかま》――それは両国広小路で見た、武家姿の良太とまったく同じ身なりだった。

はなの胸が早鐘を打つようにどくどくと騒ぐ。

良太さん――？

確かめたいのに、呼びかける声が出ない。手を伸ばせばすぐその背に届くのに、指一本動かせない。

黒衣の背から良太によく似た香りが漂ってくる気がするが、嗅《か》ぎ慣れない鬢《びん》つけ油のにおいが確かめる邪魔をする。その背に鼻を押しつけて、もっとよくにおいを嗅ぎたくなるが、今はとてもそんな真似ができる状況ではない。

「女一人を相手に、寄ってたかって何をしておる」

深編笠の中から響いた声は、良太より低くて太い。

違う――良太さんじゃない――はなは落胆した。

「きさま、何やつ！」

三人の武士が一斉に深編笠の男に刀を向けた。深編笠の男は微動だにしない。はなをその背にかばいながら、ただ前を向いている。

「何事だ！」

通りの向こうから怒鳴り声がした。供侍を引き連れた若者が足早に近づいてくる。

「若さま」

三人の武士たちは深編笠の男に刃を向けたまま、ちらりと若者を振り返った。

詩織と釣り合う年頃の、見るからに上等な着物をまとっているこの青年が、房之介さまか。少しやつれて見えるが、優しそうな顔立ちで、なかなかの男前だ。

きちんと結われた髷《まげ》には一筋の乱れもない。それほど薄毛には見えないが、ひょっとしてつけ鬢を使って髷を整えているのか。

深編笠の男が若者に向き直る。

「緑川家ご嫡男、房之介さまとお見受けいたします」

「いかにも」

房之介は鷹揚《おうよう》にうなずいて、深編笠の男を見つめた。

「隙がない――攻める場所がまるで見当たらぬ。うかつに斬りかかれば、みな返り討ちに遭うぞ」

房之介は抜刀した家臣たちを下がらせた。深編笠の男が房之介に一礼する。

「お屋敷の前を通りかかりましたら、どう見ても武芸に無縁の女が取り囲まれておりましたので、見過ごすことができませんでした」

房之介は家臣を横目で睨んでから、はなに目を移した。

「この辺り一帯は武家地だ。何の用があってうろついておった」

「詩織さまが喜楽屋でお待ちです！　詩織さまからのお文はお受け取りになっていらっしゃいますよね⁉」

はなは、ここぞとばかりに叫んだ。房之介は目を丸くして言葉を失う。

「どうしておいでになってくださらないんですか⁉　はげるのが怖くて詩織さまを避けるなんて、あんまりです！　男らしくないですよ。それがお旗本のやることですかっ」

深編笠の男の背に守られているせいか、はなは思う存分に叫ぶことができた。

房之介も、その後ろに控えている家臣たちも、みな神妙な顔でうなだれている。

どうやら無礼打ちの恐れはなさそうだ。

深編笠の男が静かにはなから離れた。

「では、それがしはこれで」

「待って！」

はなはとっさに黒衣の袖《そで》をつかんだ。

「あ、あの――助けてくださって、ありがとうございました。お名前をお聞かせください」

「名乗るほどの者ではない」

深編笠の男は、はなの手から袖を引こうとする。だが、はなは袖から手を放せなかった。

深編笠の下からちらりと顔を覗《のぞ》き込めば、わずかに見えた頰は下ぶくれ――声だけでなく、顔の形も良太とは違う。

この男は良太ではない。それなのに、なぜか、はなは手を放す気になれなかった。

「放せ」

深編笠の男が乱暴にはなの手を振り払う。

「あっ――」

黒い袖がはなの手からひらりと離れていく。

あっという間に男は走り去っていった。

「詩織どのは、こんな情けないわたしをまだ待ってくれているのだろうか」

房之介の声に、はなは我に返った。

頼りなげに目線を揺らす房之介は、まるで親からはぐれた子兎のようだ。吹く風に鬢を指で押さえるのは、風でつけ鬢が取れるのを恐れての仕草か。

気遣わしげな目で主《あるじ》を見守る家臣たちの顔も、強風が吹かぬかはらはらしているように見える。

房之介は唇を嚙《か》みしめた。

「情けない……こんなわたしが詩織どのに会ってもよいのであろうか。詩織どのには、もっとふさわしい男が他におるのではなかろうか」

はなは一歩前へ出た。

「どうか喜楽屋へおいでください。詩織さまは若殿さまを待って、泣いていらっしやいます」

房之介は顔を上げ、ぐっと顎《あご》を引いた。心なしか、目の中に凜々《りり》しい光が宿ったように見えた。

「喜楽屋へ参る」

毅然《きぜん》と告げた房之介の後ろで、家臣たちが一斉に低頭した。


はなは房之介を連れて喜楽屋に戻った。

お供の家臣を外で待たせて店の中へ入ると、床几《しょうぎ》の端に座っていた弥一郎と目が合った。

野次馬の中に一人取り残されて、さぞ不快な思いをしたのだろう。弥一郎は今にも怒鳴り出しそうな顔ではなを睨《にら》みつけているが、房之介の前で怒鳴ることもできず、ぐっと文句を飲み込んでいるようだ。

床几の反対端に座っていた卯太郎は、触らぬ神に祟《たた》りなしとでも思っているのか、弥一郎と目を合わせないようにして黙っている。

はなは何事もなかったような顔で房之介を小上がりへ案内した。小上がりで不安そうな顔をしている詩織に笑いかけ、房之介を座らせる。

詩織の向かいに腰を下ろした房之介は気まずそうに黙っていたが、はなとおせいが料理を運んでいくと、興味深げに料理を眺め回した。

房之介はまずわかめのお浸しに箸《はし》をつけた。生姜醤油《しょうがじょうゆ》をつけて口に入れると、噛みながら感心したような顔になり、飲み込んでから「うぅむ」と唸《うな》る。

「このわかめは厚みがあり、噛みごたえがよいな。磯の香りと生姜の香りが心地よく、さっぱりと食べられる」

房之介はわかめを次々と口へ運んだ。わかめから力を得て、身をひそめていた心の壁を粉々に壊そうとしているかのように、勢いよくわかめを食べ続ける。

わかめを頰張る房之介の姿に、詩織は嬉《うれ》しそうに目を細めた。

「そのわかめは詩織さまがお手ずからお買い求めになり、調理なさったんですよ」

はなの説明に、房之介はわかめから顔を上げて詩織を見る。

「何と、手ずから――」

詩織が恥ずかしそうに顔をほころばせた。

「さ、房之介さま、はなとおせいが作ってくれた料理を召し上がってくださいませ。土手鍋《なべ》や、黒豆と黒胡麻《くろごま》の炊き込みご飯もございますのよ」

「この土手鍋とやらは、どうやって食べるのだ？」

房之介は焜炉《こんろ》の上で煮えている小鍋を興味津々の目で見た。小鍋のふちには味噌《みそ》が塗られている。

「土手のように塗った味噌を崩して、味を加減しながら召し上がるのですって」

「ふぅむ。牡蠣《かき》の殻焼きや、醤油仕立ての牡蠣鍋であれば食べたことがあるが――鍋に味噌を塗って出す料理など見たことがない」

房之介は小鍋を上からじいっと眺めた。身がぷりんとした大ぶりの牡蠣と、葱《ねぎ》、小松菜、こんにゃく、豆腐が煮えている。

房之介は小鍋のふちに塗られた味噌を箸でつつこうとして、はっと思い直したようにやめた。いったん箸を置くと、まずはそのまま汁だけ少し器によそい、ひと口飲んで味を確かめる。小首をかしげながら少しずつ味噌を崩し、味を見て、また崩す。

何度か味を見て、納得した顔になると、房之介は牡蠣や青物をよそって口に入れた。うなずきながら、次々と食べていく。

「食べながら好みの味に加減できるとは面白い」

味噌の土手を箸でつつき崩して、張り巡らせていた心の壁がさらに崩れたのか、房之介の表情はずいぶんほがらかになった。

「牡蠣は味噌ともよく合うのだな。牡蠣は牡蠣でも、料理の仕方が違えば、また別の風味になる……だが牡蠣の濃厚な味わいは消えぬ」

詩織が居住まいを正して、房之介に向き直った。凛《りん》とした目で真正面から房之介の顔を見つめる。

「それは房之介さまも同じでございます。髪があっても、なくても、わたくしにとっては大事なお方。もし万が一にも髷《まげ》が結えなくなったら、いっそ潔く剃髪《ていはつ》なさればよいのです。そして、かもじ屋にでもおなりあそばせ！」

「か……かもじ屋……!?」

目を丸くする房之介に、詩織はにじり寄った。

「ええ！　我ながら名案だと思いますわ！　髪が足りずにかもじを買いにくる者たちの気持ちは、房之介さまがよくおわかりでしょう？　きっと江戸一番のかもじ屋になれましてよ。一生くよくよ悩むより、商売繁盛で高笑いですわ！」

房之介はあんぐり口を開けて固まった。瞬《まばた》きもせず、詩織を見つめ続ける。

「わたくし、本気ですのよ。もし房之介さまがかもじ屋を開いたら、わたくしはきっと立派な女将《おかみ》になってみせます」

意気込む詩織に、房之介は毒気を抜かれたような顔で笑い出した。

「まいったな。詩織どのにはかなわぬ。詩織どのがそこまで腹をくっておるのに、わたしがこのまま逃げ続けては、男の恥にしかならぬではないか」

房之介は牡蠣の器を手に取った。牡蠣をじっと見つめ、静かに目を閉じる。器を両手で握りしめ、瞑想《めいそう》するようにしばし黙り込んでから、房之介は再び目を開けた。

「薄毛に怯《おび》え、周りからどう見られるか気にしてばかりおったおのれとは、もう決別だ。これからは胸を張って生きねばならぬ」

「さようでございますとも。いついかなる時も、堂々となさいませ。誰に何を言われようと、わたくしは房之介さまのおそばにおります」

身を乗り出す詩織にうなずいて、房之介は牡蠣をぱくっと口に入れた。

「詩織どのが誇りに思える男になりたいものだ」

「まあ……」

詩織が、ぽっと頬を赤らめる。房之介は照れたように黒豆の炊き込み飯に目を移した。

「黒豆だけでなく、黒胡麻《くろごま》も入っておるのか」

はなは微笑みながら小さく頭を下げた。

「どちらも体によいものでございます」

「うむ。正月にも、無病息災を願って黒豆の煮しめなど食べるからな」

　はなは黙ってうなずく。髪が黒々するように黒い物を食べさせるのだとは、今さら言えなかった。

　けれど詩織が無邪気に笑う。

「黒い物を多く食べると、髪が黒々としそうですわね。いざとなれば、かもじ屋の道があるといっても、このまま無事に髷を結い続け、緑川家を立派に盛り立てるのが最善なのは明白でございます。わたくし、緑の黒髪になると聞いて、深川までわかめを求めに参りましたのよ。久米平内《くめのへいない》にも願かけに参りましたの」

　浅草の浅草寺境内には久米平内の像がある。平内は千人斬りをして多くの人々の命を奪った浪人だが、晩年になってその罪を悔い、自分の像を浅草寺仁王門前に埋めて通行人に踏みつけさせたという。

　いつの間にか「踏みつける」は「文（恋文）つける」に読み換えられて、祠《ほこら》に移された平内像は縁結びの神として崇《あが》められるようになった。

　詩織の恋愛祈願を知った房之介は顔を赤らめ、黒豆の炊き込み飯をかっ込んだ。

「ほどよい塩味で食べやすいぞ。ほくほくした黒豆と黒胡麻がよく合う。――黒豆と黒胡麻で、わたしの髪も元気になるとよいな」

房之介は詩織と目を見合わせて微笑んだ。房之介の笑みに卑屈の影はない。房之介が部屋に閉じこもり、心に壁を作る恐れはもうないだろうと、はなは思った。

房之介が土手鍋から牡蠣をよそい直す。その牡蠣を見て、はなはふと良太の顔を思い浮かべた。

同じ食材でも調理が違えばまた別の風味になる……。

良太が着物を変えて髷を結い直していたら——と、はなは考えた。

以前いちご汁を作った時は、同じいちごと名のつく料理でも、二種の汁があると知った。ひとつは赤みのあるうにをいちごに見立てた汁で、もうひとつは赤く色づく海老《えび》のすり身をいちごに見立てた汁だった。

両国広小路で見た武家姿の良太は、そのいちご汁と同じく、似て非なる別人なのだと弥一郎に言われたが……。

別人ではなく、同一の人物が身なりを変えていたら——。

やはり町人の旅姿ではなの前に現れた良太が、両国広小路で武士の姿になって現れたとしか思えない。

今日房之介の屋敷前で助けてくれた深編笠《ふかあみがさ》の武士は、顔の輪郭が違っていたので別人だろうが——まさか忍者でもあるまいし、口の中に詰め物でもして変装していたわけではあるまい——。

「詩織どのも食べてみよ。はな、もっとわかめはないか？」

ぼんやりしている場合ではないと、はなは顎《あご》を引いた。

「ございます。今すぐお代わりをお持ちいたします」

はなは調理場に向かいながら、ちらりと床几《しょうぎ》に目をやった。卯太郎はほっと安堵《あんど》したように顔をゆるませ、弥一郎はむすっと不機嫌そうに顔をしかめている。

だが弥一郎の目元は、さっきよりほんの少しやわらいでいるように見えた。

「お待たせいたしました。わかめのお浸しでございます」

仲睦《なかむつ》まじく笑い合う若い二人に、はなは山盛りのわかめを運んだ。

第四話　もどき崩し

和気あいあいと客たちが酒を酌み交わしている喜楽屋の小上がりで、壁の隅に向かってうなだれる男が一人。

「はあ……」

盛大なため息を何度も床に落としては、ぐびっと猪口《ちょこ》の酒をあおり、手酌で酒を注ぎ足している。

はなは客たちに料理を運びながら、小上がりの奥を気にした。

折敷《おしき》の上の料理は手つかずのままだ。運んだ時は湯気が立っていたのに。見向きもされず放っておかれた料理は、もうすっかり冷めきってしまっただろう。

「いい加減におしよ、大吾《だいご》さん」

隣に座る鳩次郎が男の肩をばしんと叩《たた》いた。

「梅見月のいい夜だってのに、辛気くさいったらありゃしない。こっちの酒まで不味《まず》くなるじゃないか。ここに連れてきたことを後悔させないでおくれ」

大吾は鳩次郎が連れてきた新しい客だ。絵描き仲間で、今日は日本橋の絵具屋で偶然会ったのだという。

一緒に折敷を囲んでいる権蔵と金太も、大吾を睨《にら》んでうなずいた。

「おいら、喜楽屋で夕飯食うのを楽しみに、毎日冷たい川っ風に耐えて猪牙船《ちょきぶね》乗ってんだぜ。孔雀堂の仲間だっていうから、さっきから我慢してやってんだけどさぁ。湿っぽいため息を喜楽屋に撒《ま》き散らすのはやめてくれよ」

金太に続いて、権蔵も怒り声を出す。

「まったくだぜ。おれに掛矢《かけや》（大きな木槌《きづち》）で張り飛ばされねえうちに、悩みを吐いてすっきりしちまいな。でなきゃ、とっとと帰《けえ》れってんだ」

壁に向かっていた大吾はのろのろと振り返り、半分引っくり返った声で訴えるように叫んだ。

「烏賊《いか》うどんもどきは哀れだよなあ⁉」

しーんと店内が静まり返った。

烏賊うどんもどきは、本日のひと品である。細長く切った烏賊を湯通しして汁物に仕立てた料理で、錦糸卵《きんしたまご》や椎茸《しいたけ》などを添えて器によそうと、烏賊はまるでうどんのように見える。

「烏賊をうどんに見立てた料理だから、烏賊うどんもどきと名がついたが、烏賊はどうしたってうどんにゃなれねえ。哀れで泣けてくるじゃあないか。うぅっ」

大吾はめそめそと泣き出した。

烏賊うどんもどきを食べていた他の客たちは、自分の器に目を落として眉《まゆ》をひそめる。

「何だ、あいつ」

「酒飲み過ぎて、頭おかしくなっちまったんじゃねえか」

はなは調理場のおせいと顔を見合わせて首をかしげた。そもそも、烏賊がうどんになりたがるのか？

大吾は床に身を伏せて、折敷の上の烏賊うどんもどきに顔を近づける。

「やい、烏賊うどんもどきめ。もどき料理ってのはけっきょく、噓つきの、だまし料理じゃねえか。ちくしょうっ」

料理に向かって管を巻く大吾をうるさそうに見て、食べ終えた客たちが帰っていく。店に残ったのは、小上がりの奥に陣取った四人だけになった。

鳩次郎が大吾にうんざりした目を向ける。

「おまえさんのせいで他の客が帰っちまったじゃないか。何だい、花の絵が上手《うま》く描けなくて、やけを起こしてんのかい。久しぶりに会ったら暗い顔をしていたから、元気づけようと喜楽屋に誘ってみたけど。まさか烏賊を相手に喧嘩《けんか》を売るとは思わなかったよ」

金太と権蔵はしげしげと大吾を見やる。

「こいつは花の絵を描く絵師なのかい。鳩次郎の絵描き仲間だっていうから、てっきり美人画を描いてるのかと思ったぜ」

「大吾さんの生業《なりわい》は植木屋さ。この手で花譜《かふ》（花の図鑑）を作りたいと意気込んで、毎日絵筆と画帳を持ち歩いてるんだよ。馴《な》染《じ》みの絵具屋で顔を合わせるようになって、親しく話すようになったんだけどね」

大吾はがばりと身を起こしてうなずいた。

「多くの植物図譜《ずふ》（植物図鑑）を残した染井《そめい》村の植木屋、伊藤伊兵衛《いとういへい》のように、おれもいつかは立派な花譜を作り上げるんだっ」

はなはちらりと大吾を見た。屋号が入った印半纏《しるしばんてん》を着ておらず、鳩次郎と同じく着流し姿だったので、植木職人とは思わなかった。

「だがよぉ、この頃おれは考えるのさ。おれは何で植木屋なんだろうなあって」

「何でって、植木屋の子として生まれたからだろう。三代続けて江戸の水道で産湯を使った植木職人なんだって、わたしに自慢してたじゃないか。それに大吾さんだって、植木屋の仕事が好きなんだろう？」

「ああ、そうだ――そうだが――絵師の子に生まれていたら、きくさんをすんなり嫁に迎えられたんじゃないかと思うと、おれは――」

「何だ。絵で荒れてるのかと思えば、女かい」

鳩次郎はつまらなそうに鼻を鳴らした。大吾はむっと眉を吊《つ》り上げる。

「何だってこたぁないだろう。きくさんは、おれにとっちゃ、何よりも大事にしたい花なんだ。毎日優しく声をかけながら日の当たり具合を見て、根腐れを起こしていないか土の乾き具合を見て、虫がついてりゃすぐ取って――うおぉ、きくさんに虫なんぞつかれてたまるかぁっ」

大吾は拳《こぶし》を固めて小上がりの床をどんっと叩いた。床の上でぶるぶる震える拳の横に置きっ放しになっている烏賊うどんもどきが、はなは気になる。

食べないなんて、もったいない――思わずじっと見つめていたら、鳩次郎が烏賊うどんもどきの器をひょいと手に取った。

「食べないんなら、わたしがもらうよ」

言いながら箸《はし》をつけ、返事を待たずに食べ始める。金太がぎりっと目を見開いた。

「おいらがもらっちまおうと思ってたのに！　はなさん、おいらにも烏賊うどんもどきを頼むよ。あと、風呂《ふ ろ》吹《ふ》き大根のお代わりも！」

権蔵も烏賊うどんもどきの器をじいっと見る。

「おれも頼むとするかな。あと、酒のお代わりもくれ」

「かしこまりました」

調理場のおせいが烏賊うどんもどきを用意している間に、はなは酒を運んだ。

小上がりでは、鳩次郎たちに促された大吾がきくとの出会いを語り始めている。

「あれは去年の秋――神田明神近くの茶屋に、見事な鉢植えの秋明菊《しゅうめいぎく》が置いてあってな。おれが甘酒を飲みながら描き写していると、近くにいた客たちが絵を覗《のぞ》き込んできて、口々に褒めそやすんだ。すっかりいい気分になっていると、淡い紅紫の秋明菊みたいに可憐《か れん》な娘と目が合って――」

大吾は目を潤ませて、ほうっとため息をついた。

「それが、きくさんだったのかい。ひと目惚《め ぼ》れってやつだね？」

話の先を促す鳩次郎に、大吾はうなずいた。

「日本橋の清風堂《せいふうどう》に奉公している女を供に連れていたから、次の日、店に行ってみたんだ。そうしたら、いたよ。お客と話しているのを聞いて、名がわかったんだ」

鳩次郎は目を細めて小さく唸《うな》る。

「清風堂といえば、今評判の扇屋じゃないか。あそこの店主は、一人娘に婿を取らせたいと言っていたよ」

「鳩次郎さん、きくさんのおとっつぁんと知り合いなのかい」

「清風堂に出入りしている扇面絵師が知り合いなもんで、ちょいと話したことがある程度だけどね」

「その扇面絵師って、ひょっとして松吉《まつきち》って若い職人じゃないのかい。清風堂の婿に望まれているという——」

「いいや。わたしの知り合いは妻子持ちの四十路《よそじ》男さ」

鳩次郎は片眉を上げて大吾をななめに見た。

「大吾さん、扇面絵師になって、清風堂に婿入りしたいのかい。花譜への意気込みはどうした。先祖代々続けた植木屋を、おまえさんの代で終わりにするつもりかい」

「いや、それは――きくさんには、うちに嫁に来てもらいたいと思っているんだが……」

「清風堂が娘を手放さない限り、無理だね」

ばっさり言い切る鳩次郎に、大吾はがっくりと首を垂れた。

「わかっちゃいるんだ。だから想いを明かさずあきらめようと思っていたんだ。けど、きくさんも同じ気持ちとわかっちまったら、もうあきらめきれねえ」

思い詰めた顔の大吾に、鳩次郎は天井を仰ぎ見た。

「想いを確かめ合っちまったのかい……ままならぬ恋の道行きを芝居仕立てにするのだけはやめておくれよ」

権蔵と金太が顔を見合わせる。

「男と女の芝居といやぁ、お約束は悲恋の心中物だぜ」

「駆け落ちして逃げ切れず、手と手を縛って川に身を投げるやつらがたまにいるんだよなぁ。勘弁してくれよぉ。猪牙《ちょき》の舳先《へさき》にぷかりと浮かぶ大吾さんなんか、見たかねえからな」

「悲恋と決めつけるのはやめてくれっ」

大吾は小上がりの床に突っ伏して頭を抱えた。他の三人は気の毒そうに大吾を見下ろしながらも、口々に厳しい忠告をする。

「けど、どちらも家を捨てられないんだから仕方がないよ。どこかで踏ん切りをつけなきゃ、ますます離れがたくなると、わたしは思うね」

「そうだな。もう会わねえほうがいいかもしれねえと、おれも思うぜ。その、きくって娘だって、いずれ自分が婿を取らなきゃならない身の上だってことは百も承知だろうし」

「かわいそうだけど、おいらも二人と同じ考えさ。あぁ大吾さん、大吾さん、あなたはどうして植木屋なのよって嘆かれたって、大吾さんが扇面絵師になれるわけじゃねえしなぁ」

「きくさんは、おれが絵師だと思っているんだっ」

床の上で頭を抱えながら、大吾は叫んだ。

「初めて茶屋で会った時、おれは着流し姿で秋明菊の絵を描いていたんだ。清風堂でも花の図柄の扇ばかり熱心に見ていたから、きくさんは、おれが花を好んで描く絵師だと思い込んでいるんだよ！」

大吾を見下ろす三人は憤然とした面持ちになる。

「何だい、それじゃ、大吾さんはきくさんを騙《だま》しているのかい。父親が扇面絵師を婿に望んでいるなら、大吾さんでも大丈夫だろうって、きくさんは期待しちまってるんじゃないのかい」

「そりゃあ酷だ。植木職人なら植木職人らしく、いつでも印半纏を羽織っていやがれってんだ」

「まったくだぜぃ。何で、てめえで話をややこしくするかなあ。おいら、同情して損しちまったよ」

責められた大吾は床に顔を伏せたまま身を縮める。床の上で頭を抱えた腕を震わせ、尻《しり》を高く上げた姿は、まるで叱られて身を伏せた犬のようだった。

鳩次郎が片膝《かたひざ》立てで、大吾を真正面から見下ろす。

「本当は植木屋なんだと早く打ち明けて、きくさんの誤解を解くんだよ。でなけりゃ、きくさんを深く傷つけるはめになる」

大吾は引導を拒むように激しく首を横に振った。

「偽るつもりはなかった。ただ、言い出せなかっただけなんだ」

「悪気はなかったなんて言い訳はなしだよ。ぐっとこらえて身を引くのが、相手のためなんじゃないのかい」

大吾は身を硬くして、くぐもった声を出した。

「あの日二人で見た夕焼けが最後の景色になるなんて、切な過ぎるじゃないか。沈む夕日は朝日となってまた昇るのに、おれときくさんは想い出の底に沈みっ放しかい」

「ちゃんと本当のことを言うんだよ」

鳩次郎の忠告を、今度は大吾も黙ったままじっと聞いていた。

暖簾《のれん》を下ろした店の中を片づけながら、はなはため息をついた。

小上がりの床に突っ伏していた大吾の姿が頭から離れない。

大吾はきくと出会った時、植木屋の印半纏《しるしばんてん》を羽織っていなかったばかりに、心ならずも偽りの姿できくに会い続けるはめに陥ってしまった。

はたで聞いていれば、なぜどこかで言い出さなかったのかと思うが、本人にしてみれば言い出すきっかけを見失ったまま、ずるずると二人の時を過ごしてしまったのだろう。

「本当のこと——か」

小上がりから折敷《おしき》を下げて、はなは烏賊《いか》うどんもどきが入っていた器を見つめる。

はなの家に転がり込んできた良太は、ひょっとして「町人もどき」だったのだろうか。植木屋の印半纏を羽織らず絵師のふりをしていた大吾のように、腰に二刀を差さず町人の旅姿だった良太が身分を偽っていたのだとしたら――。

はなを騙したわけは思いつかない。だが、もしかしたら大吾のように、最初から騙すつもりではなかったのかもしれない。

はなの縁談で手はずが狂ったのか――。

一夜の宿に困って転がり込んできた良太を納屋に泊めた翌朝、隣に住むとめが来た。由比ヶ浜の子連れ漁師との縁談を断りたかったはなは、良太との仲を誤解したとめに向かって「このまま、ここで、良太さんと暮らすよ」と言ってしまったのだ。良太は身分を偽っていたかもしれないが、とめを相手に先に嘘をついたのは、はなだった。良太は、はなに合わせてくれたのだ。

あの時はなが嘘をつかなければ、良太は一夜の宿だけ借りて、すぐに村を出るつもりだったのかもしれない。良太が村でついた嘘はすべて、はなを助けるためだけの嘘だったかもしれない。

これで、しばらくの間は縁談から逃げられると言ったはなを、良太は優しい目で見下ろしていた。

――しばらくの間って、どれくらいだ。どれくらいの間、おまえは逃げていたいんだ――困った時は、お互いさまだ。おれにできることがあれば、やってやるよ――。

そもそも良太は、はなの芝居につき合って夫のふりをしてくれたのだ。縁談を断るためのちょっとした小芝居で済ませるはずが、勢いづいて思いがけない大芝居になってしまい、はなは怖くなったが……。

良太と結ばれたあの夜は、嘘から出たまことで本物の夫婦になれたのだと思った。終わりよければすべてよしと、はなはいつしか嘘をついたことも忘れてしまっていた。はなは良太との出会いを心から喜び、このままずっと二人の幸せな暮らしが続くと信じていたのだ。

だが、良太はいったいどう思っていたのだろう。

このまま江戸に帰らず、ずっと一緒にいると言って、はなを抱いた良太の心の奥がわからない。わかったつもりになっていたが、本当は何ひとつわかっていなかったのではないかと、はなの心が大きく揺れる。

はなとの暮らしは、良太にとって一時の気の迷いだったのか――はなの縁談を断るための小芝居も、実は多大な迷惑でしかなかったのか。

けれど、だったら、なぜ抱いた。体はともかく、心にまであんなに優しく触れる必要はなかっただろうに。

以前、弥一郎が言ったように、良太はずるい男なのか。一人暮らしのはなの寂しさにつけ入って、気まぐれに暮らしをともにして、飽きたからはなを捨てて出ていったのか。

そんなの嫌だと、はなは頭《かぶり》を振る。

ずっと一緒にいると言った良太の言葉は本心だったと信じたい。あのあとすぐに心変わりをしたのだとしても、江戸に帰りたくないと――はなとずっと一緒にいると言ったあの時だけは、心底から良太はそう思ったのだと信じていたい。

はなは崩れていく心をかき集めるように、両手で我が身を抱きしめた。

良太に会って、真実を確かめたい――。

「浮かない顔して、どうしたの」

気がつけば、調理場にいたおせいが皿に何かを載せて小上がりへ運んでいた。

「擬製豆腐《ぎせいどうふ》よ。一緒に食べましょ」

おせいはにっこり笑って、小上がりに腰を下ろした。はなも隣に座る。

「店を閉めたあともまだ焼き鍋《なべ》で何か作っていると思ったら、これだったんですか」

「ええ。さっき店で出そうと思って、豆腐の水切りをしていたんだけど――もどき料理がどうのこうのって言われちゃったでしょう。それで作り損ねちゃったのよ」

擬製豆腐は、崩して水気を切った豆腐を味つけして炒り、再び四角く焼いた料理である。いったん崩した豆腐を再びもとの形に似せて作るため、擬製豆腐と名がついたという。

「擬製と名がつく料理を出して、絵師を真似ていた植木屋への当てつけかと怒られたら、困るものねえ」

おせいは小さく切り分けた擬製豆腐を小皿に移し、はなに差し出した。はなは受け取って、擬製豆腐を頬張った。

醤油《しょうゆ》で味つけられた擬製豆腐は、いったん細かく崩した木綿豆腐を焼き固めたため、嚙《か》みごたえがいつもと違う。

「卵を使っていないのに、卵焼きを思い出す料理ですよねえ」

豆腐のほのかな甘みを残しながらも、しっかり醬油が染み渡っており、片面が焼かれているので香ばしさもある。

おせいに勧められるまま、はなは次々と擬製豆腐を食べた。

「よかった。はなちゃんが食べているのを見て、安心したわ」

店内のあと片づけをしながらぼんやりしていたので、心配をかけたようだ。

「すみません。あたしと良太さんの暮らしは夫婦もどきでしかなかったのかなあって思ったら、何だか……」

　はなは口角を引き上げて、にこっと笑ってみせた。

「でも、美味《おい》しい擬製豆腐を食べたから、もう大丈夫です」

　おせいは優しく目を細める。

「料理って、食べ終わったら器には何も残らないけど、美味しかった喜びは人の心に残るのよね。過ぎた日々も、同じようなものかしらって思う時があるの。形には残っていなくても、大事なものは確かにあったのよね」

　はなは擬製豆腐の皿を見た。おせいと二人でぺろりと平らげ、皿の上には何も残っていない。だが確かに、はなはおせいと擬製豆腐を食べたのだ。

「銀次は死んだあとも、わたしの心の中にずっといるし。今ここにいない良太さんだって、はなちゃんの心の中からいなくならないのよね」

　おせいは天井を仰いだ。

「良太さんは、なぜ竹灯籠《とうろう》をはなちゃんに残したのかしら。二階の部屋に置いてある竹灯籠が、良太さんの気持ちを教えてくれる気がするわ」

　はなも天井を仰いだ。

　良太はなぜ竹灯籠をはなに残したのか――。

もう一緒に暮らせないと記された手紙には「おれのことは忘れて、誰かいい男を見つけてくれ。幸せになれ」と書かれてあった。

けれど、竹灯籠など残されたら——目に見える、形ある物など残されたら、忘れたくても忘れがたくなる。

「まさか、忘れないでくれと——」

はなは声を震わせた。

「そんな都合のいい想いが込められているんじゃ……」

だとしたら、あたしはこのまま良太さんを捜していいの？

都合のいい想いというのは、いったい誰にとって都合がいいのか、はなにはわからなくなってくる。良太に捨てられたんじゃない、嫌われたんじゃないと思いたい気持ちが、はなの胸いっぱいに広がっていた。

竹灯籠を見ると、雪見けんちんの夜を思い出す。

二人で灯《とも》した竹灯籠の明りは光の花のように辺りを照らし、まるで美しい幻のように揺らめいていた。

だが二人で眺めた花の形の火明りは幻ではないし、良太と過ごした日々も夢ではない。確かに、あの時、あの場所に、あったものなのだ。

まだ思い出にはできない。良太の気持ちを確かめて、二人の仲にけりをつけなければ、はなは前へ進めない。

はなは膝《ひざ》の上に載せた小皿を見つめた。

「さっき、気持ちが崩れちゃいそうになって、どうしようかと思いました。良太さんへの想いが壊れちゃったら、あたし、何のために江戸へ来たのか」

「壊れてしまうものならば、いっそ壊れてしまえばいいのよ」

おせいの毅《き》然《ぜん》とした声に、はなは顔を上げる。おせいは凛《りん》とした目で口角を上げ、大きくひとつうなずいた。

「江戸にはいい男がたくさんいるわよ。もし良太さんがどうしようもない屑男《くずおとこ》だとわかったら、良太さんとの思い出なんて綺《き》麗《れい》さっぱり掃き捨てて、他の男に目を向けなさいな」

おせいは立ち上がると、熱い茶を淹《い》れ、はなの前に置いた。はなは湯呑茶碗《ゆのみぢゃわん》を手にして、おせいに向き直る。

「他の男に目を向けるなんて、考えられません」

「今はね」

おせいはつんとした口調で言ってみせてから、ふふっと笑った。

「わたしも同じよ。銀次が死んで何年経っても、他の男なんて考えられない。でも、この間、根岸のご隠居に会いにいった時、亭主に死なれたあと幼子を抱えて苦労したっていう女の人の再婚話を聞いたの」

おせいは茶をひと口飲んだ。はなも湯呑茶碗に口をつける。あつい番茶が喉《のど》から腹に落ちて、はなの体を温めた。

おせいは湯呑茶碗を握りしめて続ける。

「その人は、どんなに再婚話を勧められても首を縦に振らなかったんですって。それが十何年も経ってから、昔っからの知り合いと――若い頃は、お互いそんな気もなかったのに――ですって。人の気持ちに絶対はないんだと、ご本人も驚いているそうよ。だから、もう少し気楽に考えてみなさいって、わたしもご隠居に言われちゃったわ」

おせいは湯呑茶碗に目を落として、熱い茶を冷ますようにふうっとため息をついた。

「女が一人でいると、肩肘《ひじ》を張っているように見えてしまうのかしらねえ。ご隠居ったら、ずいぶんわたしのこと心配してくださってるみたい」

おせいはいたずらっ子のような目で、はなに笑いかけた。

「でも、今は女二人だから大丈夫ですって言っておいたわ」

笑い返すはなに、おせいはうなずく。

「はなちゃんも、くじけそうな時は、いっぺん、くじけちゃえばいいのよ。それでも止まらぬ想いなら、いったん崩れてもまたきっと固まるわ。擬製豆腐みたいにね。酸《す》いも甘いも嚙み分けるほど、味のあるいい女になれるってものよ」

「酸いも甘いも……」

「そうよ。はなちゃん、食べるの大好きでしょう？」

「お腹壊すような物は食べたくないですけど――でも、あたし、食べ過ぎでお腹壊したことないんです」

「あら。一度も？」

「はい。これはもう、人生いろいろ食べつくしちゃうしかないですかねえ。それで、味わい深い、いい女になるしかないですよねっ」

「そうよ。いずれ村へ帰るもよし、このまま江戸で暮らすもよし。どっちにしても、はなちゃんが放っておかれるはずないわ。きっと最後には、見る目のある男と幸せになれるわよ」

「いい男が現れた時、よぼよぼの婆さんになってたら、どうしましょう」

「大丈夫。その時は絶対、相手も爺《じい》さんよ」

「そうですよねえ――よし、酸いも甘いも嚙みつくした婆さんを目指します！」

はなは握り拳《こぶし》を固めて明るく笑ってみせた。

いつか、この恋にけりをつける日がくるのだろうか――。

どんなに懸命に考えても、先のことはわからない。いつか婆さんになった時、はなの中で良太がどんな存在になっているのかなんて、今はまだ誰にもわからないのだ。

それならば、この喜楽屋でおせいとともに笑って、笑って、たまに泣いて。答えが出るその日まで精いっぱい生きてみようと、はなは思った。

「まだ豆腐が残っているんだけど、もっと擬製豆腐を食べる？　もう一度作りましょうか」

「はいっ、食べます！」

はなは威勢よく立ち上がった。

「今度は、あたしに作らせてください」

誰もいない深夜の店内に、女二人の笑い声が響く。

美味《おい》しい物を作って食べれば、夜は楽しく更けていく。

その翌々日の昼間、青い顔をした大吾がふらふらした足取りで喜楽屋に現れた。相変わらずの着流し姿だ。

小上がりで待ち構えていた鳩次郎の隣に腰を下ろすなり、大吾はがくっと床に両手をつく。

「駄目だ……また、きくさんに言えなかった……」

はなは注文された酒を小上がりに運びながら、思わずちらりと大吾の顔を見た。

大吾の目の端に涙が浮かんでいる。嚙《か》みしめた唇が小刻みに震えている。

だが同情よりも、腹立たしさのほうが、はなの胸に強く込み上げてきた。

本当のことを言わない大吾に、はなは良太の姿を重ねてしまっているのか――。

この人はお客だ、睨《にら》んじゃいけないと、はなは自分に言い聞かせながら大吾の前に笑顔で酒を置いた。

「お待ちどおさまです。他にご注文はよろしいですか？」

「ああ。何も食いたくないんだ」

鳩次郎が眉《まゆ》をひそめる。

「何も食べずに酒だけ飲むのは体に悪いよ。はなちゃん、何かお任せで持ってきておくれ」

「おれは本当に何もいらないんだ」

「大吾さんが食べなきゃ、わたしが食べるから。はなちゃん、頼むよ」

「かしこまりました」

大吾は小上がりで勢いよく酒を飲んでいる。あっという間にちろりが空になりそうだ。

「清風堂の前までは行ったんだ。けど、どうしても中に入れなかった。嘘つきと罵《ののし》られたらどうしようと思うと、足が止まって――」

大吾は涙声で鳩次郎に訴える。

「昨日は夕日が綺麗でさ。ついこの間、茶屋にたまたま居合わせたきくさんを送ってった時に、二人で眺めた夕日を思い出したよ」

「たまたま居合わせたって、本当はひそかに待ち合わせていたんじゃないのかい」

「いや、本当に偶然なんだ。初めて二人が出会った茶屋だったから、きっと、きくさんもあの店を選んだに違いない」

「はいはい、ごちそうさま。けど、その時も着流し姿だったのかい。屋号が入った印半纏《しるしばんてん》を着て、腰に剪定《せんてい》ばさみでもぶら下げてりゃあ、すぐ打ち明けられただろうに」

「仕事が終わって絵を描きに出かける時は、いつも着流しなんだ。印半纏をまとっている時は一流の植木屋、着流し姿の時はいっぱしの絵師と、てめえの心を奮い立たせているのさ」

「まったく面倒くさい男だねえ。はさみや筆にこだわるのはわかるけど、着物までかい」

「あれから、きくさんには会っていない——そろそろ店に顔を出す頃だと、きくさんが待っているかもしれないのに」

はなは調理場に立った。おせいが横目で小上がりを気にしながら、そっと近寄ってくる。

「はなちゃん、大吾さんに何を作る？　壊れそうな恋に悩んで、何も喉を通らなそうだけど」

小上がりから大吾の泣き言が聞こえてくる。

「おれは、きくさんに嫌われるのが怖いんだ。このままじゃ、夕日を見るのも怖くなっちまいそうだ。夕日を見るたび、おれはきくさんを思い出すのさ」

店に入ってきた他の客たちが顔をしかめるほどの大声だ。鳩次郎がたしなめても、大吾は酒を飲みながら泣き言をくり返す。

何を作ろうかと考えていたはなの気がそれてしまった。はなは首を横に振って両手で耳をふさぎ、ぎゅっと目を閉じる。

調理場に入る時は、いつも心を晴らしておけという、喜楽屋の元店主、銀次の遺言を胸の内でくり返す。料理には、料理人の気が注がれるのだ。

心を静めて、ただ美味しい物を作ることだけ考えねば——。

はなは目を開けた。

調理場にあった人参《にんじん》に目がいく。はなは人参を一本つかみ、おせいを振り向いた。

「水切りした豆腐はありましたよね？」

「ええ——焼き豆腐を作ろうと思っていたから」

「擬製豆腐を作ります」

大きく目を見開いたおせいにうなずいて、はなは人参を細切りにした。

人参は夕日の色に似ている。さっき人参が目に入った時、はなは思ったのだ。

きくさんとの夕日の思い出がそんなに悲しくなるのなら、細かく刻んで豆腐に混ぜて、ぐだぐだ言ってる大吾さんに食わせてしまえ！

はなは豆腐を崩した。しぼって水気を切り、細切りにした人参と一緒に炒《いた》める。

酒と醤油《しょうゆ》で味つけをして、水気がなくなるまで煮詰めたら、四角い型に入れて押蓋《おしぶた》で余分な汁を取り、固める。角に切って胡麻油《ごまあぶら》で焼いたら、でき上がりだ。

「お待たせいたしました！　人参入り擬製豆腐です！」

大吾の前に擬製豆腐の皿をどんと置く。大吾は皿に顔を近づけ、眉根《まゆね》を寄せた。

「何で擬製豆腐に人参を……？　おれは具の入った擬製豆腐を見たことがないぞ」

はなは挑むように大吾の目をじっと見つめた。

「夕日の色の人参を細く切って混ぜた擬製豆腐を、大吾さんに食べていただきたいんです」

大吾はびくりと肩を震わせ、目線を揺らした。

「あんた——おれに、きくさんとの思い出を食えと言うのかい。細かく嚙み砕いて、飲んじまえと」

「はい。それが悲しい思い出ならば」

「悲しい思い出と決めつけるのはやめてくれ。まだ思い出になんかなっちゃいねえんだ」

「だったら、何で今ここにいるんです。きくさんに会って、ちゃんと話をするべきじゃないんですか」

「あんたに口を挟まれる筋合いはないよ。この店じゃ、客の話にいちいち口を出すのか」

「先日、烏賊《いか》うどんもどきに文句をつける大吾さんをうるさがって、帰っちゃったお客さんがいるんです。お客さんの話にいちいち聞き耳を立てるわけじゃないですけど、あんまり大きい声で騒がれちゃ困ります」

周りの客たちから「そうだ、そうだ」と野次が飛ぶ。

はなは片手を挙げて客たちを黙らせ、大吾に擬製豆腐を突きつけた。

「崩しても、固めても、豆腐は豆腐。これを食べて、ありのままで当たって砕けてきたらどうですか。きくさんへの想いが本物なら、また二人の仲を固める手立てを考えればいいでしょう。まずは、きくさんの気持ちを確かめるしかないんじゃないですか」

「はなちゃんの言う通りだよ！」

鳩次郎が手を打ち鳴らす。

「ほら、早く擬製豆腐を食べて、きくさんのところへお行きよ。ぐずぐずしてると、きくさんを扇面絵師にさらわれちまうよ」

周りの客も「急げ、急げ」とはやし立てる。

大吾はごくりと唾《つば》を飲み、擬製豆腐の皿を手にした。ぷるぷると震える箸《はし》で擬製豆腐をつかみ、えいっと口に入れる。

もぐもぐ嚙《か》んで飲み込むと、大吾は目を細めて口をへの字に曲げ、泣き笑いのような顔をした。

「味が染みて、すごく美味《うま》い――けど、やっぱり、豆腐は豆腐、人参は人参だな。思っていたより、胸は痛まない。……おれは怖がり過ぎていたのかなぁ」

大吾は勢いよく擬製豆腐を食べ続ける。

あっという間にすべて食べ終えると、大吾は立ち上がり、きりりとした顔で店の中を見渡した。

「もう一度、清風堂に行ってくる」

大吾の宣言に、周りの客たちは拍手喝采《かっさい》を送る。

鳩次郎が満足そうにうなずいた。

「ここの勘定はわたしに任せて、早くお行きよ」

「ああ。すまねえな」

大吾は店の戸を引き開け、颯爽《さっそう》と駆けていった。

「やれやれ。まったく世話が焼けるねえ」

小上がりに残った鳩次郎は手酌で酒を飲みながら笑みを浮かべていたが、しばらくすると小難しい顔になって唸《うな》り始めた。

「大吾さん、本当に大丈夫かねえ。何だか心配になってきたよ」

鳩次郎の呟《つぶや》きを聞いて、はなも不安になってくる。

はなが大吾をけしかけてしまったのだ。もし、大吾ときくの仲がぐちゃぐちゃに壊れて、もう二度と固まらなかったら――。

「あたし、ものすごくよけいなことをしちゃったんでしょうか」

本当のことを言わない大吾は、良太ではない。本当の姿を偽られているきくは、はなではない。それなのに、冷静に他人事として見られなかった。客の身の上話として同情するだけでは済ませられなかった。

はながおせいに擬製豆腐で励まされたからといって、擬製豆腐で大吾の恋がうまくいくとは限らない。

はなは空いた器を片づけながら、どうしたらよいのか悶々《もんもん》とした思いを持てあました。

「はなちゃん、わたしが清風堂へ行って様子を見てくるよ」

鳩次郎の声に、はなは顔を上げる。鳩次郎は優しい笑みを浮かべてうなずいた。

「はなちゃんが気に病むことはないさ。むしろ、よくぞ言ってくれたよ。わたしが散々けしかけたって、山のように動かなかったんだからさ」

　鳩次郎が立ち上がる。

「じゃ、あとでなりゆきを教えるからね」

「あのっ」

　はなは思わず声を上げた。

「あたしも行っちゃいけませんか？」

「いや、いけなくはないけど――」

　鳩次郎はおせいの顔を見た。はなはおせいに向き直り、頭を下げる。

「もうすぐお昼が終わります。いったん暖簾《のれん》を下げる時に、あたしも大吾さんの様子を見てきちゃいけませんか？　よけいな声をかけないほうがいいなら、遠くからそっと窺《うかが》うだけにしますから」

　おせいはため息をついた。

「どうしても気になるのね」

「はい。偉そうなこと言って、擬製豆腐を食べさせちゃいましたから」

　店に残っていた客たちが「行ってやれ、行ってやれ」とあと押しをしてくれる。

「おれたち、もう食い終わってるからよぉ」

「ああ。こっちまで、あのうじうじ野郎のなりゆきが気になってきちまった。はなちゃん、おれたちの分まで見届けてきてくれよ」

おせいはため息をつきながら笑った。

「じゃあ、はなちゃん、今から行ってらっしゃいな」

「商い中に、どこへ行くというのだ」

地を這《は》うような低い声に、はなはびくっと肩を震わせた。

恐る恐る戸口を見ると、怖い顔をした弥一郎が立っている。

うっかり弥一郎と目を合わせてしまったはなは、まるでとぐろを巻いた大蛇に睨《にら》まれている気分になった。

「まったく。わずかの間も目を離せぬのか。これでは気の休まる暇がない」

迷惑極まりない声を出しながら、弥一郎が足早に前を行く。はなは鳩次郎と並んで歩きながら、肩を怒らせた弥一郎の後ろ姿を見つめて唇を尖《とが》らせた。

さすが、はなの目付役を自任する弥一郎だ。はなが動く時には必ず現れる。

「おせいが許したことゆえ、こたびは無理に止めぬが——なぜ、はなは、おとなしくじっとしておられぬのだ」

面と向かって叱られるのも嫌だが、背中を向けて歩きながらぶつぶつ小言をつかれるのも嫌だ。はなはため息をついた。鳩次郎は黙って苦笑している。

大通りをずんずん進みながら文句を並べ、すれ違う人々に怪訝《けげん》な顔を向けられると、弥一郎もさすがに黙り込んだ。

清風堂がある本石町《ほんこくちょう》三丁目まで、しばし無言の速足で歩く。

店が近づいてくると、鳩次郎が小走りで前に出て、弥一郎に清風堂の暖簾を教えた。

「あちらの店でございます」

通りの向かいに立ち、清風堂の暖簾を眺める。

「それで、どうするのだ。大吾とやらは、もう娘を連れ出してしまったのではないのか。どこにおるのかわからねば、様子の探りようがないではないか」

「しかし、あの男がすぐに店の中へ踏み込めたとは思えません。勇んで喜楽屋を出ていきましたが、恐らく清風堂の前で怖気《おじけ》づき、しばらくの間また躊躇《ちゅうちょ》していたのではないかと――やはり何も言えぬのではないかという心配がなければ、わたしもここへは参りませんので」

「では、今やつが店の前にいないということは、やっと暖簾の向こうへ行ったところやもしれぬのだな」

「わたしが確かめて参ります」

清風堂へ向かおうとする鳩次郎の背中越しに、店の暖簾をくぐって出てくる男が見えた。はなはとっさに鳩次郎の袖《そで》をつかむ。

「あれ、大吾さんじゃないですか？」

「本当だ。間違いないよ」

大吾は脇目も振らず足早に去っていく。

三人であとを追おうとした時、今度は若い娘が一人で店を出てきた。菫色《すみれいろ》の小袖の裾《すそ》をひるがえし、大吾を追いかけるように小走りで同じ方向へ行く。菜の花色の帯が装いに春らしい華やかさを加えていた。

「あの人が、きくさんでしょうか」

はなが見上げると、鳩次郎は首をかしげた。

「わたしは娘の顔を見たことがないんだよ」

「とにかく追うしかあるまい」

清風堂から出てきた二人はつかず離れず大通りを進んでいく。

本石町を出て、本銀町《ほんしろがね》、神田鍋町《かんだなべ》、通新石町《とおりしんこく》、そして喜楽屋がある須田町へ——。


筋違橋を渡って、左へ折れた。

鳩次郎が息を乱しながら苦しげな声を出す。

「ひょっとして、神田明神近くの茶屋で落ち合う手はずじゃ」

「二人が出会ったっていう茶屋ですか」

うなずく鳩次郎の歩みが、はなより遅くなっている。絵筆を握って室内で絵を描いてばかりいるので、早く歩き続けると息切れを起こすのだろうか。美人画を描いているという鳩次郎が、野山を歩いて風景画も描くという話は聞いたことがない。

それにしても——。

はなは前に向き直り、きくらしき娘の背中を見つめた。

日本橋に店を構える扇屋のお嬢さんにしては、歩くのがやけに速くないか。

町娘の足がみな遅いと決めつけるつもりはないが、男の鳩次郎が疲れてきているのだ。植木屋の大吾はともかく、きくらしき娘の足並みが崩れぬのはすごいと、はなは驚いた。

恋しい男と落ち合うため、必死で足を前に動かしているのだろうか。

それとも、扇屋の娘ともなれば、扇を使う踊りでも習っているのだろうか――踊りでどれだけ足腰が鍛えられるのだろうかと、はなはあとを追いながら首をかしげた。

やがて二人は神田明神近くの水茶屋に入った。葦簀《よしず》張りの小さな店だが、隣の団子屋が営んでおり、なかなか繁盛している。奥の床几《しょうぎ》は団子を頬張る人たちでふさがっていた。

通りに近い長床几が二つ空いている。二人は同じ床几に並んで座らず、別々の床几に向かい合って腰を下ろした。互いに目線をそらして、運ばれてきた茶と団子に口をつける。

年頃の娘が男と二人で親しく茶屋で話し込む姿など知人に見られたら、嫁入り前の醜聞になりかねない。見知らぬ客同士のふりをしながら、さりげなく言葉を交わすつもりなのだろう。

はなたち三人は葦簀の外側にさりげなく立ち、茶屋の隅に置いてある鉢植え越しに中の様子を窺った。店主が植木好きなのか、茶屋の隅にはいくつかの鉢植えが置いてあった。

はなたちの近くにあるのは大鉢に植えられた椿の低木だ。いくつもの赤い花が見事に花を開いている。大吾ときくが出会った時は、鉢植えの秋明菊が美しく咲き誇っていたはずだ。

鳩次郎が椿の葉陰からそっと身を乗り出す。

「じれったいねえ。さっさとお言いよ」

「鳩次郎さん、そんなに覗《のぞ》き込んじゃ、大吾さんに見つかっちゃいますよ」

「大吾さんはこっちに背を向けているから大丈夫だよ。きくさんはわたしの顔を知らないんだし」

はなも鳩次郎に並んで、そろりと椿の陰から身を乗り出した。二人は黙って向き合っている。まだひと言も口を利いていない様子だ。

鳩次郎が歯ぎしりをした。

「いっそ、わたしが真実をぶちまけてやろうかねえ」

「いけませんよ、そんなの」

「おまえたちが床几の隣に座って、大吾を睨んできたらどうだ」

「睨みを利かせるなら、弥一郎さまのほうがいいですよ。いつもあたしを睨んでるみたいに、ぎろっと怖いお顔を向けていただければ」

「馬鹿を申すな。あの男とおれは顔を合わせたことがないのだぞ。見ず知らずの武士に睨《にら》まれても、あやつは何も感じまい。ただ絡まれていると思うだけではないのか」

「岡田さまのお手をわずらわせるなら、やはりこのわたしが」

などと小声で言い合っていると、印半纏《しるしばんてん》をまとった二人の男が茶屋の前で立ち止まった。

「よお、大吾じゃねえか」

鳩次郎が男たちを凝視した。

「印半纏に松の葉の意匠――あれは千駄木《せんだぎ》にある松葉屋《まつばや》の植木職人たちだ。大吾さんちの藤屋《ふじや》とは近所のはずだよ。まいったねえ、こんな時に」

壮年の植木職人たちは大吾の座る長床几に近づいていく。

はなは思わず「あっ、駄目！」と叫びそうになり、両手で口を押さえた。鳩次郎も片手で口をふさぎ、顔をしかめている。弥一郎は唇を真一文字に引き結んで、眉《み》間《けん》にしわを寄せていた。

「おめえ、こんなところで何やってんだよ。近頃様子がおかしいって、親父さんがぼやいてたぜ」

男たちは大声で話しながら、大吾の隣に腰を下ろした。背中に染め抜かれた松の葉の意匠が小憎らしく見えてしまう。

「大吾、おめえ、花譜を作るのはいいがよぉ。絵筆ばっかり握って、剪定《せんてい》ばさみを使う手が鈍っちゃいねえだろうなぁ」

うつむいていたきくが弾《はじ》かれたように顔を上げる。

まずい――はなはあせった。飛び出していって、大吾に声をかけ、その場を何とかごまかせないだろうかと考えてしまう。

大吾がきくに打ち明けようとしている真実を、通りがかりの職人仲間に暴露されてよいものだろうか。

いや、いっそ暴露されてしまったほうが、大吾にとっては気が楽になるかもしれない。いやいや、他人の口から聞かされた、きくの気持ちはどうなるのだ――。

はなが考え込んでいると、植木職人たちはきくの顔をじろじろと眺め始めた。

「あれっ、そっちのお嬢さんは――」

きくが顔を強張《こわば》らせる。向かいの床几に並んだ男たちに不躾《ぶしつけ》な目を向けられて、恐ろしいのだろう。

大吾がきくをかばうように立ち上がった。

「何だよ、絡むのはやめろよ」

「そんなんじゃねえよ。てめえは黙ってろ」

植木職人たちはきくの顔を覗き込んだ。

「やっぱり、そうだ。あんた、天乃屋《あまのや》のきくさんじゃないかい？」

大吾はきくと植木職人たちを交互に見やった。

「人違いだろう。この人は」

「いいや、間違いねえ。おとっつぁんは本所《ほんじょ》の植木職人、岩五郎《いわごろう》さんだろう？」

大吾が啞然《あぜん》と目を見開く。

「植木職人だって⁉」

「ああ、そうさ。きくさんも庭木の手入れを手伝ってるって聞いたぜ。裁着袴《たっつけばかま》に印半纏まとって、女だてらに木に登るって話じゃねえか」

きくは真っ青な顔で立ち上がった。大吾がきくの正面に立つ。

「それは本当なのか」

きくは駆け出した。あっという間に通りへ出て、人混みにまぎれていく。

大吾は呆然《ぼうぜん》としながらも、あとを追いかけようとした。

「あっ、お客さん、お勘定までですよ！」

茶汲《ちゃく》み女に呼び止められ、大吾は慌てて懐から巾着《きんちゃく》を取り出す。

大吾さんがまごついている間に、きくさんを見失ってしまう――。

はなは葦簀の陰から飛び出した。菫色《すみれいろ》の小袖《こそで》と菜の花色の帯を見失わぬよう、急いできくを追う。

後ろから迫ってくる足音に一瞬だけ振り向くと、はなのすぐあとに弥一郎が続いていた。

はなは再び前を向き、きくを追って走る。

「きくさん！　待って！」

きくが足を止め、驚いた顔で振り返る。その顔は涙に濡《ぬ》れていた。

「あなた誰――いったい何なの⁉」

はなはきくに逃げられないよう、菫色の袖をつかんだ。

「神田須田町の一膳飯屋《いちぜんめしや》、喜楽屋のはなです。うちのお客さんの一大事だったから、つい放っておけなくて」

「うちのお客さん……？」

「大吾さんです」

きくは息を吞《の》んで、はなの手を振りほどこうともがく。はなは両手できくの手をしっかり握りしめた。

「逃げないで。大吾さんと話をして」

きくは嫌々と駄々をこねる幼子のように激しく頭《かぶり》を振った。

「できない！　だって、わたし、大吾さんに嘘をついていたんだもの！」

きくは半狂乱になって、わぁわぁ泣き出した。ぺたんと地べたに座り込んでしまう。はなが手を引っ張って立ち上がらせようとしても、なかなか動かない。

見かねた弥一郎が強引にきくを引っ張り上げて立たせた。

「少しは人目を考えろ」

はなたちは道行く人々に好奇の目を向けられていた。

「きくさん、ちょっと落ち着こう」

きくの着物は着崩れて、裾《すそ》がずり下がってきている。はなはきくの着物のお端折《はしょ》りを引いて、裾の乱れを直してやった。

「帯も緩んできてるね。喜楽屋へ行って、着物を直そう。川を渡ってすぐのところだから」

きくはしおらしい顔でうなずいた。

「弥一郎さま、すみませんが、大吾さんを喜楽屋まで連れてきていただけませんか」

「おまえ一人でこの娘を連れていけるのか。逃げられたらどうする」

「大丈夫ですよ。これ以上走ったら、着物がはだけてみっともない姿をさらすことになりますから」

弥一郎は胡散《うさん》くさそうにきくを睨んでいたが、きくの襟の乱れを一瞥《いちべつ》してため息をついた。

「では、あとから参る」

弥一郎が踵《きびす》を返す。はなはきくの背中をそっと押して、喜楽屋へ向かった。


昼飯時はとっくに過ぎて、喜楽屋の暖簾《のれん》は下ろされていた。

戸を引き開けて中へ入ると、心配そうな顔をしたおせいが二階から下りてきた。

「はなちゃん、お帰りなさい――」

きくの姿を見たおせいは、すぐに察した顔になった。

「二階に上がってもらってもいいですか？」

「ええ。こはくは、わたしの部屋でぐっすり眠っているから」

はなはうなずいて、きくを二階の自室へ案内した。

「あたしは下にいるから。着物を直したら、声かけて」

はなが湯呑茶碗《ゆのみぢゃわん》に入れた水を飲んでいると、弥一郎に連れられた大吾が現れた。

鳩次郎も一緒だ。

「きくさん！」

大吾は血相を変えて店の中を見回す。

「きくさんは二階で乱れた着物を直してますから、ちょっとお待ちください」

落ち着かない大吾を小上がりに座らせ、はなは茶を淹《い》れた。鳩次郎が大吾の隣に座り、弥一郎は床几《しょうぎ》に腰を下ろす。

しばらく待っても、きくは下りてこない。

「どうしたんだ。まさか、具合が悪くなって倒れてるんじゃ」

大吾が立ち上がり、階段の上を睨《にら》んだ。すっ飛んでいきそうな顔つきだ。

「あたしが見てきますから、大吾さんは座って待っててください」

はなは二階へ上がり、閉じた襖《ふすま》の外から声をかけてみる。

「きくさん、大丈夫？　大吾さんが下で待ってるんだけど」

返事がないので襖を開けようと引手に手をかけるが、引いても開かない。

「ちょっと、きくさん!?」

中からがっちり押さえ込まれているようだ。力を入れて引手を引いても、襖は開かない。

「ねえ、開けてよ！　ここはあたしの部屋だよっ」

「嫌っ。大吾さんには会えない！」

悲鳴のようなきくの声が聞こえたのか、大吾が二階へ上がってきてしまった。

「きくさん、開けてくれっ」

大吾が力任せに引っ張ると、襖は開いた。部屋の隅に逃げようとしたきくの手を、大吾がつかむ。

きくは畳に座り込んで顔を伏せた。

「ごめんなさい！　許して！　わたし、本当は扇屋の娘なんかじゃないの。植木屋の娘なのよっ」

菜の花色の帯はきっちり締め直されて、綺麗《きれい》な文庫結《ぶんこむす》びになっている。着崩れはしっかり直されていた。

大吾に会うのが怖くて、二階から下りてこられなかったのだろう。

はなはため息をついた。

大吾も、きくも、互いに偽りの姿を相手に見せていたのか――。

「きくさん、顔を上げて。いつまでも逃げてはいられないでしょう？　大吾さんは少し離れてください。すごい剣幕に、きくさんが怯《おび》えてますよ」

大吾は我に返ったような顔をして、一歩下がった。きくも身を起こして顔を上げる。

「ちゃんと二人で話をしてください」

踵を返そうとしたはなの手が、きくにつかまれた。

「お願い。一緒にいてください」

震える声で懇願され、はなは戸惑う。

「いや、あたしはいないほうがいいんじゃ」

「はなさん、迷惑じゃなかったらここにいてくれ。まずはきくさんに落ち着いてもらわないと」

嘘をついていた引け目が大きいようで、きくは思い詰めた顔で唇をぎゅっと嚙《か》みしめている。顔は上げたものの、大吾を直視できず、じっと畳に目を落としていた。

二人きりで向かい合うのが怖い――そんな声が聞こえてきそうな顔をしている。

好きだから、嫌われたくない。話の先に何があるのか知るのが怖い。もう終わりだと言われたら、どうしよう。

きくは嘘をついていた自責の念で冷静さを失って、悪いほうにしか物事を考えられなくなっている様子だ。

「わかりました」

はなはきくの隣に座った。その向かいに大吾が腰を下ろす。

きくの取り乱した様子を見て、大吾は逆に冷静さを取り戻したようだ。大きく息をひとつ吐いて、静かにきくを見つめた。

きくは青白い顔で畳を見つめたまま居住まいを正す。

「清風堂の店主は、わたしの母の弟で――つまり、わたしの叔父《おじ》なんです」

大吾もほぼ同時に口を開きかけていたが、きくは自分が語らねばならぬという思いでいっぱいなのか、大吾が口を挟む間もなく切々と続ける。

「さっき松葉屋さんの植木職人たちが話していた通り、わたしの父親は本所の植木屋で、岩五郎と申します。わたしは小さい頃から、叔父の店で扇に描かれた花の絵を眺めるのが好きで、時々遊びにいかせてもらってるんです。従姉《いとこ》のきぬちゃんとも昔から仲がいいですし」

大吾が目を見開いた。

「従姉のきぬちゃん!?」

「ええ。年が近いし、名も似てるから、わたしを清風堂の娘と間違える人もたまにいるんです」

大吾は目を泳がせたが、きくは気づかず話し続ける。

「初めて大吾さんと会ったあの茶屋には、きぬちゃんもいたんです。きぬちゃんは清風堂に出入りしている扇面絵師と恋仲で、いずれ一緒になる約束をしているんですけど、店ではなかなか二人きりで話せないから、わたしと出かけるふりをして、あの茶屋で扇面絵師と落ち合っていたんです」

きくは膝《ひざ》の上で両手を握り固めた。

「わたしが本当に扇屋の娘だったら……と、きぬちゃんたちを見て羨《うらや》ましく思いました。初めて茶屋で会った時、大吾さんはとても見事な秋明菊を描いていて――この人は花を描くのが心底から好きな絵師なんだなあと思ったんです。絵の世界で生きている人だから、扇屋に出入りして、わたしを見初めてくれた……それなのに、実は植木屋の娘ですなんて、言えませんでした」

きくは畳に手をつき、頭を下げた。

「ごめんなさい。本当のわたしは、裁着袴《たっつけばかま》で梯子《はしご》に上り、男に混じって庭木の剪定《せんてい》をするような女なんです。きぬちゃんみたいに、綺麗な小袖《こそで》を着こなせない――大吾さんにふさわしくない女なんですっ」

「頭を下げるのはやめてくれ！」

大吾は叫びながらきくの手を取り、顔を上げさせた。

「おれは千駄木の植木屋なんだっ」

きくが呆然《ぼうぜん》と目を瞬《またた》かせる。

「絵筆を持ち歩いて花の絵を描くのは、いつかこの手で花譜を作りたいと思い続けてきたからさ。茶屋でひと目惚《めぼ》れしたきくさんを扇屋の娘と勘違いして、扇面絵師との縁談があると思い込み、つい自分も絵師みたいな振る舞いをしちまった」

今度は大吾が頭を下げる。

「すまない。許してくれっ。早く本当のことを打ち明けるべきだと思いつつ、もしかして植木屋だったら相手にされないんじゃないかと気を揉《も》んで——言えなかった。本当のことを伝えたら、きくさんが離れていってしまうんじゃないかと、怖くて」

きくの目から涙がどっと溢《あふ》れた。

「嘘……」

「嘘じゃない。これは本当に、本当だ。おれは、きくさんに嫌われるのが何より怖かったんだ」

「怖がっているのは、わたしだけかと思ってた……」

きくは顔を両手で覆って、はあっと大きく息をついた。

「じゃあ、わたし、大吾さんをあきらめなくていいのね……？」

「おれこそ、きくさんをあきらめなくていいんだな？」

きくがこくりとうなずく。大吾はきくを優しく包むように抱きしめた。

「大吾さん……！」

「きくさん……！」

はなはそっと立ち上がり、足音を忍ばせて部屋を出た。

今この部屋は、まるで大吾ときくの愛の巣だ。自分の部屋を乗っ取られた気がしないでもないが、仕方ない。恋路の闇を抜けたばかりの二人は、まだ辺りのまぶしさに目を細めるばかりで、周りがよく見えていないのだろう。

嫁入り前の娘と男を部屋に二人きりにしてよいものかと一瞬迷ったが、今さらかと苦笑して、はなは階段を下りた。

店には醬油《しょうゆ》の香りが漂っている。はなは鳴りそうになる腹を押さえた。昼飯を食べ損ねていたと思い出す。

「はなちゃん、どうだった」

小上がりに腰かけていた鳩次郎が心配そうな顔で立ち上がる。はなが笑ってうなずくと、鳩次郎は安堵《あんど》したようにほうっと息をついた。

「まったく人騒がせな二人だねえ」

　鳩次郎は小上がりに座り直すと、天井に向かって声を大きくした。

「あと少ししても下りてくる気配がなかったら、今度はわたしが様子を見にいくよ。憂いがなくなったとたん、喜び勇んだ大吾さんがけだもののようになったりしたら大変だからねえ。はなちゃん、部屋の襖《ふすま》は開けてあるかい」

「もう、鳩次郎さんったら。ちゃんと襖は開けたままにしてきましたよ」

　はなは土間に下りる。弥一郎が床几《しょうぎ》の端に座っていた。

「お騒がせして、すみませんでした」

　床几の脇に立って頭を下げると、弥一郎はふんと鼻を鳴らした。

「まったくだ。毎度のことながら、おまえには呆《あき》れる」

　おせいが床几に茶を運んできた。

「弥一郎さま、そうおっしゃらずに。熱いお茶をもう一杯どうぞ」

　おせいは握り飯と味噌汁《みそしる》も運んできた。

「はなちゃん、お腹空《す》いたでしょ。ここに座って、お食べなさいな」

　皿には白い握り飯がみっつ載っていた。味噌汁の具はしじみだ。

「これ全部あたしが食べていいんですか？」

「いいわよ。今、他の物も持ってきますからね」

「他の物？　今日の賄は、これでじゅうぶんですよ。食べたらすぐ夜の仕込みに入りますから」

「ええ、でも」

おせいは笑いをこらえているような顔で小上がりを振り返った。

「鳩次郎さんがね、みんなで食べようって、もどき料理を注文してくださったの。烏賊《いか》うどんもどきと、擬製豆腐に、雉焼き《きじ》も」

雉焼きは、豆腐や魚肉を雉の肉に似せて作る料理である。むろん本物の雉を焼いた物も雉焼きと呼ばれるが、喜楽屋で出す雉焼きは、豆腐に塩をつけて焼く雉焼き豆腐か、鰹《かつお》や鮪《まぐろ》の切り身を醬油とみりんのたれに漬けて焼いた物だ。

「今日は鮪の雉焼きよ」

おせいが小上がりに料理を運ぶ。

「あ、あたしも――」

「いいから、お握りを食べちゃいなさい」

「すみません」

はなは弥一郎の反対端に腰を下ろして、握り飯を頰張った。

噛《か》んだとたん、ほのかな塩の味と白米の甘さが口の中に広がる。あっさりとした具のない握り飯は、はなの空きっ腹に心地よく落ちていった。

しじみの味噌汁を飲むと、貝から出たこくが味噌の甘みと混ざり合ってひとつになり、はなの体の隅々まで熱く広がっていく。

「はあぁ……」

ほっと落ち着く味だ。目を閉じて、うっとりしてしまう。

塩だけの握り飯と、しじみだけの味噌汁に、おせいの優しさが溢れるほどぎゅっと詰まっていた。

はなは背筋を伸ばして、味噌汁を一気に飲み終えた。伸ばした体の中にまっすぐ味噌汁の旨《うま》みが落ちていく。体の奥底から力がみなぎってくるようだ。

「ごちそうさまでした」

はなは立ち上がり、食べ終えた皿と椀《わん》を片づけた。

大吾ときくが二階から下りてくる。

鳩次郎がにやりと笑い、小上がりに並んだ料理に向かって両手を広げた。

「さあ、もどきづくしだよ。注文しといてやったから、たぁんとお食べ。大吾さんのせいで昼飯を食べそこなった、はなちゃんにも食べてもらうよ。お代はすべて大吾さん持ちだけど、文句はないよねえ？」

大吾は小上がりの料理を眺め回すと、ため息をつきながら苦笑した。

「ああ、文句はないさ。はなさんも食べてくれ。今回は本当に世話になった」

きくも大きくうなずいて、はなに感謝の眼差《まなざ》しを向ける。

調理場から、おせいが明るい声を上げた。

「今、雁《がん》もどきもお持ちしますからねえ」

大吾ときくは顔を見合わせ、ぷっと吹き出した。

「もう笑うしかねえなぁ」

とほほと表情を崩す大吾の背中を、鳩次郎がばあんと叩《たた》いた。

「絵師もどきの姿を崩したんだ。もう、もどき料理に難癖をつけることもないよねえ」

「当たり前だ。どんどん食ってやる」

はなとおせいも小上がりに呼ばれ、夜に向かって暖簾《のれん》を出すまでのひと時、もどき料理に箸《はし》をつけた。

弥一郎だけは床几から動かず、出された料理を無言で食べ続けていた。

やがて権蔵と金太も現れて、もどきづくしの小上がりに加わった。

「いつもより少し早《はえ》えと思いながら店の前まで来たら、中から声がするだろ。あれっと思って戸を開けたら、孔雀堂が抜け駆けしてやがった。まったく」

「ほんとだよ。今日はおいらが一番乗りだと思ったのにさあ。権蔵さんと同着かよと思ったら、孔雀堂に先を越されちまってたなんてなあ」

おせいとはなは小上がりを辞して調理場に入り、もどき料理の追加を作った。店の暖簾を出したので、夕飯目当ての客たちがもうすぐやってくるだろう。今日の献立はもどきづくしだ。

「まあ、もどき料理を笑って食えるようになってよかったよなあ」

事の顚末《てんまつ》を聞いた権蔵が酒を飲みながら、がはは っと大声で笑った。

床几で一人じっと酒を飲んでいる弥一郎に気を遣いながら話していた声は、酒と料理が腹に入って次第に大きくなっている。

金太も擬製豆腐を頰張りながら、「ほんとによぉ」と声を張り上げた。

「もどき料理を見て辛気くさく泣かれちゃあ、せっかくの美味《うま》いもんが台無しになっちまうからなあ」

大吾はきりりと顎《あご》を引いて一同を見回す。

「みんな、すまなかったな。あの時の情けないおれはもういない。擬製豆腐と一緒に飲み込んじまったよ」

権蔵が烏賊うどんもどきを食べながら、からかうような笑みを大吾に向けた。

「ほんとに大丈夫かよ。きくさんと喧嘩《けんか》するたんびに、またここでめそめそ泣くんじゃねえのか」

雉焼きの皿を手にした金太が同意する。

「偽の姿は崩したものの、何かあったら、今度は本音を偽っちまうんじゃねえのかなあ」

大吾は拳《こぶし》を握り固め、力強く首を横に振った。

「何かあっても、そのたんびに弱い自分を崩してやる。そしてまた根性を固め直すんだ。擬製豆腐みたいにな」

金太が両手を打ち鳴らした。

「いよっ、豆腐男!」

権蔵が顔をしかめる。

「豆腐男ってのは駄目だろう。すぐに気持ちが崩れそうじゃねえか」

「じゃあ擬製豆腐男?」

「語呂《ごろ》が悪いぜ」

「もどき男はどうだ」

「もどきに戻っちゃ駄目だろう」

「うーん、残るは豆男か」

「何で豆男なんだよ」

「だって豆腐は豆からできてんだろ」

「馬鹿だな、おめえは。それを言うなら大豆男だろうが。豆にも種類があってな。小豆《あずき》とか隠元《いんげん》豆とか、いろいろあるんだぜ」

「そんなことぐらい知ってらあ。細けえなあ」

鳩次郎がにやりにやりと笑いながら、大吾に酒を注ぐ。

「権蔵さんと金太に言われっ放しじゃないか。きくさんに愛想をつかされないよう、せいぜい気をつけるんだね」

「わ、わかってるよ」

ぐいっと猪口《ちょこ》をあおる大吾の横で、きくがもじもじと顔を赤らめる。

「あの、でも、わたし、お豆腐は好きなんです」

「おや、ごちそうさま」

鳩次郎は調理場に向かって空になったちろりを振り上げた。

「はなちゃん、酒の追加を頼むよ。今日は全部大吾さんのおごりだから、じゃんじゃん持ってきておくれ」

「おい、酒も全部おれかよ」

ああでもない、こうでもないと小上がりの面々が話しているうちに、今度は卯太郎が現れた。

「いらっしゃいませ」

はなは戸口に向かいながら、土間の床几《しょうぎ》に座る弥一郎の食べ具合をちらりと横目で確かめた。もどき料理の器はすべて空になっている。口に合ったようで何よりと、はなは安堵《あんど》した。

「卯太郎さん、皆さんと一緒にお酒を召し上がりますか？　それとも」

はながみなまで言い終わらぬうちに、卯太郎は満面の笑みで口を開いた。

「まずは鰹出汁《かつおだし》を一杯お願いします」

「かしこまりました」

卯太郎は床几の前で弥一郎に一礼する。

「お隣に座らせていただいてよろしいですか」

「勝手に座れ」

「ありがとうございます」

卯太郎が床几に腰を落ち着けるのを待って、はなは湯呑茶碗《ゆのみぢゃわん》に入れた鰹出汁を運んだ。

卯太郎は鰹出汁をじっくり味わってから、階段に目を向ける。

「衝立《ついたて》の案が引き続き上手《うま》くいっているようで、安堵いたしました」

「ありがとうございます。こはくは本当に賢くて、水をかけなくても、衝立を越えちゃいけないってわかったみたいです」

弥一郎が、ふんと鼻を鳴らす。

「見慣れぬ衝立に怯《おび》えておるだけであろう」

「そんなことありませんよ。こはくは、ちゃんとわかってるんです」

「まったく、思い込みが激しい女だ」

「まあまあ、お二人とも」

卯太郎が弥一郎の杯に酒を注ぎ足す。

「岡田さまも、猫を飼ってみれば、本当に賢いかどうかおわかりになりますよ。飼いたくなったら、いつでもお申しつけくださいませ。とびきり可愛い猫をお届けいたしますので」

「おれは猫など飼わぬと、何度言えばわかるのだ。まったく。どうせまた野良猫の引き取り手を探しておるのであろう」

「ええ、実は、沖田屋からもらわれていった猫で、また子供を産んだやつがおりまして。今度生まれた子猫は四匹なのでございますが」

「おれは知らぬ。向こうに頼め」

弥一郎は腕組みをして小上がりを顎で指す。

小上がりの一同は一瞬きょとんと沈黙したが、子猫の話を聞くと目を輝かせた。

「おいら、船宿の女将《おかみ》さんに聞いてみるよ。猪牙《ちょき》に乗るお客さんで、飼ってもいいって人がいるかもしれないし」

「おれも大工仲間に聞いてみてやるよ」

「わたしは猫を描いている絵師に聞いてみようかねえ」

大吾ときくも心当たりを探してみるという。

「探すといやぁ――」

権蔵が懐から折り畳んだ紙を取り出した。

「おい、みんな、はなちゃんの亭主捜しはどうなってる？」

権蔵が広げた紙は、鳩次郎が描いた良太の似顔絵だった。

鳩次郎も、金太も、卯太郎も、懐から似顔絵を取り出して広げる。

はなの胸にぐっと熱い塊のような感激が込み上げてきた。

「みなさん――」

感謝の言葉を述べようとしたが、まるで喉《のど》がふさがってしまったかのように、はなは声を出すことができなかった。

みんなが良太の似顔絵を持ち歩いて、一緒に捜し続けてくれている。

ありがたくて、涙が出そうだ。

唇を嚙《か》みしめて泣くのをこらえていたら、権蔵が照れくさそうに笑った。

「何でい、はなちゃん、そんな顔するなよ」

金太も笑ってうなずく。

「そうだよ。これくらい、当たり前さぁ」

鳩次郎が似顔絵の良太をぱしっと指の先で叩《たた》いた。

「泣くのはまだ早いよ。ご亭主を見つけて、とっちめてからだよねえ」

はなの事情を聞いた大吾ときくも助力を申し出る。

「おれがきくさんに本当のことを打ち明けられたのも、はなさんのおかげだ。おれにできることは何でもさせてくれ。庭木の手入れであちこちの屋敷へ出入りする時は、おれもご亭主の似顔絵を持ち歩くよ」

「わたしも、おとっつぁんに頼んで、うちの職人たちに聞き回ってもらいます。みんな気がいいから、きっと力を貸してくれるはずです」

「おれたち植木屋は、町屋敷の庭はもちろんだが、武家屋敷の庭に出入りすることもある。はなさんのご亭主が賭場《とば》に出入りしていないか、それとなく探ってみるよ」

賭場は寺社の境内や、野原に建つ薦《こも》張りの粗末な小屋で開かれることが多いが、武家屋敷の中間《ちゆうげん》部屋でひそかに開かれることもある。

むろん武家地内で博打《ばくち》を行うことは固く禁じられているが、町奉行所の者は武家地に踏み込めない決まりになっているため、武家屋敷の中間部屋で賭場を開く者はあとを絶たないのである。

「武家屋敷……」

はなは呟《つぶや》きながら、武家姿の良太を頭に思い浮かべた。

良太が袴《はかま》をまとい、腰に二刀を差しているならば、みなに見当違いの姿を捜させてしまっていることになる。

黙り込んだはなを気遣うように、権蔵が声を上げた。

「いや、はなちゃんの亭主が賭場に出入りしてるって決まったわけじゃねえんだよ。ただ、何の手がかりもねえから、念のために当たってみるのはいいと思うぜ」

金太が唇を尖《とが》らせながらうなずく。

「金がなくなって、軽い気持ちで賭場に行っちまうやつはいるからなぁ。船宿の客にも、賭場がどうのと話してたやつらがいたよ。ひそひそ声のつもりらしいけど、丸聞こえなんだよなぁ。賭《か》け事《ごと》とは縁のなさそうな顔してたのに」

鳩次郎が鼻先で笑う。

「よくある話さ。身持ちのよさそうな男ほど、のめり込んだりしてねえ」

「あの、もしかしたら、良太さんは」

はなは意を決して口を開いた。やはり黙ってはいられない。このままでは良太の姿がどんどん誤解されてしまう。

「良太さんは――武士かもしれません」

店内の一同が唖然《あぜん》とした顔ではなを見た。

「隠すつもりはなかったんですけど……」

はなは去年の暮れに両国広小路で武家姿の良太を見たのだと話した。

弥一郎が頭《かぶり》を振る。

「良太が武士であるはずがない。それはおまえの見間違いだと申したであろう」

「でも、やっぱりあれが人違いだったとは思えないんです」

「思いたくないだけだ！」

弥一郎が声を荒らげる。

「いい加減にしろ。おまえの思い込みで、周りの者を振り回すな。仮に良太が武士だとして、おまえはどうする。身分違いだと、すっぱり良太をあきらめるのか」

「それは――」

はなはうつむいた。

良太を捜し出すことしか今は考えたくない。

「やっぱり、まずはご亭主を捜し出して、その正体を突き止めなきゃねえ」

鳩次郎の声に、はなは顔を上げた。

小上がりの一同が優しく包み込むような眼差《まなざ》しをはなに向けている。

「ご亭主と会って、本当のことを知らなきゃ、はなちゃんだって悶々《もんもん》とするだけで、何の踏ん切りもつかないだろう？」

鳩次郎の言葉に、はなはうなずく。

「そうだよなあ」と、金太が拳《こぶし》を固めた。

「町人だろうが武士だろうが、男ならきっちり落とし前つけろってんだ」

権蔵も同意する。

「たとえ相手が武士でも、話くらいはできるだろう。はいそうですかと簡単にあきらめられるくれえなら、はなちゃんも最初から江戸へ出てきはしねえやな」

大吾ときくは顔を見合わせて深くうなずき合った。

「本当のことを知らなきゃ何も始まらないってのは、おれたちも身をもって味わったばかりだ」

「はなさんがご亭主を捜したいなら、わたしはできる限り力になりたいです。わたしは、はなさんに救われましたから」

卯太郎が床几《しょうぎ》から立ち上がり、弥一郎に向き直った。

「はなさんに救われたのは、おれも同じです。今度はおれたちが、はなさんを助けたいんです」

卯太郎にじっと見つめられた弥一郎は、居心地が悪そうにもぞりと腰を動かした。

「だが、もし良太が武士であれば、おまえたちに危険がおよぶやもしれぬぞ。刀を持った相手が怒れば、刃傷沙汰《にんじょうざた》になりかねぬではないか。しつこく追って、無礼打ちにされたらどうする」

「無茶はいたしません。お約束いたしますので、どうか岡田さまも、はなさんのご亭主捜しを見守ってくださいまし」

「おれは賛同できぬ」

「はなさんのお目付役である岡田さまにご理解いただかねば、はなさんも身動きが取れず、苦しいでしょう」

「知るか」

弥一郎は腕組みをして、むすっと黙り込んだ。

はなは弥一郎の前に立つ。

「あたし、やっぱり良太さんに会いたいんです。どうなるかなんて先のことはわからないけど、でも、会って話がしたいんです。何であたしを置いて出ていったのか、そのわけを聞きたいんです。先へ進むために」

弥一郎は身じろぎひとつせずに黙っていたが、やがてゆっくり腕組みを解いた。

「では、おれが町方に頼んでやる。養生所見廻《みまわ》りの与力と同心を通じて、良太の手がかりを町方につかんでもらうゆえ、おまえたちは手を引くのだ。一介の町人であるおまえたちには少々荷が重過ぎるであろう」

「けど、おいら、町方のお役人が熱心に人捜しをしてくれるとは思えません」

金太が小上がりで立ち上がった。

「今までは町人の男ばっかり捜してましたけど、これからはお侍にも目を向ければいいってだけの話じゃないんですか。もちろん、不躾《ぶしつけ》にじろじろ見て怒らせないように気をつけますよ」

弥一郎はむっと顔をしかめて、また腕組みをする。

重苦しい沈黙が流れた。

おせいが柏手《かしわで》を打つように、ぱんっと両手を合わせる。

「もどき料理の他にも、何か作りましょうか。金太さん、風呂吹《ふろふ》き大根もありますけど、どうします？」

金太は我に返ったような顔でおせいを見て、座り直した。

「食べる、食べる！　もどき料理もいいけど、おいらやっぱり、おせいさんの風呂吹き大根を食べなきゃ一日が終わらねえや」

「じゃ、すぐにお持ちしますね。はなちゃん、お願い」

「はい」

はなは調理場に入って、大鍋《おおなべ》に仕込んであった風呂吹き大根をよそった。

出汁《だし》が染み込んでうっすら黄金色に染まった大根の輪切りから、湯気が立ち昇っている。柚子味噌《ゆずみそ》を載せて小上がりへ運ぶと、金太が歓声を上げた。

「ああ、やっぱりこれだよ。これ食べると、おいら何だかほっとするんだよなあ」

風呂吹き大根を頬張る金太を見て、権蔵がごくりと喉《のど》を鳴らす。

「はなちゃん、おれにも風呂吹き大根くれよ」

鳩次郎も手を挙げた。

「はなちゃん、わたしにもおくれ。大吾さんときくさんも、食べといたほうがいいよ。おせいさんの風呂吹き大根は絶品なんだから」

床几に座り直した卯太郎も手を挙げる。

「こっちにもお願いします」

「かしこまりました。今すぐお持ちいたします」

はなは床几に風呂吹き大根をふたつ運んだ。

「おれは頼んでおらぬぞ」

しかめっ面の弥一郎に、はなは風呂吹き大根の器をぐいっと差し出す。

「おせいさんの風呂吹き大根、お好きですよね？」

弥一郎はむっと口をゆがめて風呂吹き大根に目を落とした。

「風呂吹き大根はお嫌いでしたっけ？」

「好きか嫌いか問うとは、卑怯《ひきょう》な」

「じゃあ召し上がらないんですか？」

「食わぬとは申しておらぬ」

弥一郎は悔しそうな顔をしながらも、はなの手から器を受け取った。器を床几に置かず、そのまま箸《はし》をつけて、大きく切ったひと口を頬張る。

風呂吹き大根をもぐもぐと噛《か》んでいるうちに、険しく尖《とが》っていた弥一郎の目つきが少しずつゆるんできた。

やっぱり、美味《おい》しい物を食べながら怒り続けられる人なんていない――。

はなは背筋を伸ばし、口角を引き上げて笑った。

「ご飯が欲しい方はおっしゃってくださいね！　風呂吹き大根も、まだたくさんありますよ！」

はなは弥一郎のもとにせっせと料理を運んだ。

風呂吹き大根のお代わりに、きんぴら牛蒡《ごぼう》、あさりの酒蒸し、芹《せり》の煮浸し――。

「待て。おれはこんなに食えぬぞ。すでにもどき料理をたらふく腹に収めておるのだ。おまえの食欲と一緒にされては困る」

卯太郎が、さっと手を挙げた。

「じゃあ、おれがいただきます。おれは途中から来たので、まだ食べられます。岡田さま、よろしいでしょうか」

「勝手に食え」

卯太郎は料理に箸をつけると、満面の笑みを浮かべた。

「あぁ、どれもこれもいい味ですねえ。やっぱり鰹《かつお》出汁がいいんだな、うん」

卯太郎は愛《いと》しの許嫁《いいなずけ》で鰹節屋の娘てるを思い出しているように、うっとり幸せそうな顔で目を閉じた。弥一郎は、ふんとそっぽを向く。

やがて新しい客たちが店の戸を引き開けて入ってきた。次々と客がやってきて、店は大忙しになる。

「おーい、おれの酒はまだかい」

「こっちにも風呂吹き大根くれよ」

「おれは擬製豆腐を頼む」

「はい、ただいま！　少々お待ちください！」

客の注文をさばきながら、はなは店の中を見渡した。

調理場では、おせいが目まぐるしく動き回っている。土間の床几では、弥一郎が黙って酒を飲み、卯太郎が静かに料理を食べ進めている。そして騒がしくなった小上がりには、気心の知れた馴染《なじ》み客たち。

今はここが、あたしの居場所――。

「はなちゃん、薬味の葱《ねぎ》を刻んでちょうだい」

「はい！」

おせいに呼ばれ、はなは調理場に入った。

心を澄まし、客に美味しい物を食べてほしい一心で、はなは包丁を握る。

薬味の葱も、丁寧に。美味しくなあれと真心を込めて刻んでいく。

とんとんと包丁を使う音。ぐつぐつと鍋《なべ》の中身が煮える音。客たちの笑い声。醤《しょう》油《ゆ》のにおい。鰹出汁の香り。

幸せな音とにおいに包まれて、はなは調理場に立ち続けた。

「はなちゃん、ごちそうさん！　今日も美味《うま》かったよ！」

勘定を終えた客が、はなに向かって笑いかける。

「ありがとうございました！　またどうぞお越しください！」

はなはにっこり満面の笑みを浮かべて、帰っていく客を調理場から見送った。

本書は、書き下ろしです。
編集協力／小説工房シェルパ（細井謙一）

はなの味《あじ》ごよみ

願《がん》かけ鍋《なべ》

高田在子《たかだありこ》

平成30年 8月25日　初版発行
令和6年 12月10日　7版発行

発行者●山下直久

発行●株式会社KADOKAWA
〒102-8177　東京都千代田区富士見2-13-3
電話　0570-002-301（ナビダイヤル）

角川文庫 21120

印刷所●株式会社KADOKAWA
製本所●株式会社KADOKAWA

表紙画●和田三造

ISBN978-4-04-107385-8　C0193

角川文庫発刊に際して

角川源義

第二次世界大戦の敗北は、軍事力の敗北であった以上に、私たちの若い文化力の敗退であった。私たちの文化が戦争に対して如何に無力であり、単なるあだ花に過ぎなかったかを、私たちは身を以て体験し痛感した。西洋近代文化の摂取にとって、明治以後八十年の歳月は決して短かすぎたとは言えない。にもかかわらず、近代文化の伝統を確立し、自由な批判と柔軟な良識に富む文化層として自らを形成することに私たちは失敗して来た。そしてこれは、各層への文化の普及滲透を任務とする出版人の責任でもあった。

一九四五年以来、私たちは再び振出しに戻り、第一歩から踏み出すことを余儀なくされた。これは大きな不幸ではあるが、反面、これまでの混沌・未熟・歪曲の中にあった我が国の文化に秩序と確たる基礎を齎らすためには絶好の機会でもある。角川書店は、このような祖国の文化的危機にあたり、微力をも顧みず再建の礎石たるべき抱負と決意とをもって出発したが、ここに創立以来の念願を果すべく角川文庫を発刊する。これまで刊行されたあらゆる全集叢書文庫類の長所と短所とを検討し、古今東西の不朽の典籍を、良心的編集のもとに、廉価に、そして書架にふさわしい美本として、多くのひとびとに提供しようとする。しかし私たちは徒らに百科全書的な知識のジレッタントを作ることを目的とせず、あくまで祖国の文化に秩序と再建への道を示し、この文庫を角川書店の栄ある事業として、今後永久に継続発展せしめ、学芸と教養との殿堂として大成せんことを期したい。多くの読書子の愛情ある忠言と支持とによって、この希望と抱負とを完遂せしめられんことを願う。

一九四九年五月三日

角川文庫ベストセラー

忘れ扇
髪ゆい猫字屋繁盛記
今井絵美子

日本橋北内神田の照降町の髪結床猫字屋。そこには仕舞た屋の住人や裏店に住む町人たちが日々集う。江戸の長屋に息づく情を、事件やサスペンスも交え情感豊かにうたいあげる書き下ろし時代文庫新シリーズ！

寒紅梅
髪ゆい猫字屋繁盛記
今井絵美子

恋する女に唆されて親分を手にかけ島送りになった黒岩のサブが、江戸に舞い戻ってきた——!? 喜びも哀しみもその身に引き受けて暮らす市井の人々のありようを描く大好評人情時代小説シリーズ、第二弾！

十六年待って
髪ゆい猫字屋繁盛記
今井絵美子

余命幾ばくもないおしんの心残りは、非業の死をとげた妹のひとり娘のこと。おたみはそんなおしんに心を寄せて、なけなしの形見を届ける役を買って出る。人と真摯に向き合う姿に胸熱くなる江戸人情時代小説！

望《もち》の夜《よ》
髪ゆい猫字屋繁盛記
今井絵美子

佐吉とおきぬの恋、鹿一と家族の和解、おたみに初孫誕生……めぐりゆく季節のなかで、猫字屋の面々にも、それぞれ人生の転機がいくつも訪れて……江戸の市井に息づく情を豊かに謳いあげる書き下ろし第四弾！

赤まんま
髪ゆい猫字屋繁盛記
今井絵美子

木戸番のおすえが面倒をみている三兄妹の末娘、まだ4歳のお梅が生死をさまよう病にかかり、照降町の面々は、ただ神に祈るばかり——。生きることの切なさ、ままならなさをまっすぐ見つめる人情時代小説第5弾。

角川文庫ベストセラー

虎落笛《もがりぶえ》 照降町自身番書役日誌　今井絵美子

市井の暮らしになじみながらも、武士の矜持を捨てきれず、心の距離に戸惑うこともある喜三次。悩みや問題を抱えながら、必死に毎日を生きようとする市井の人々の姿を描く胸うつ人情時代小説シリーズ第3弾！

夜半の春 照降町自身番書役日誌　今井絵美子

盗みで二人の女との生活を立てていた男が捕まり晒刑に。残された家族は……江戸の片隅でひっそりと生きる男と女、父と子たち……庶民の心の哀歓をやわらかな筆で描く、大人気時代小説シリーズ、第四巻！

雲雀野《ひばりの》 照降町自身番書役日誌　今井絵美子

武士の身分を捨て、町人として生きる喜三次のもとに、国もとの兄から文が届く。このままでは実家の生田家が取りつぶしに……千々に心乱れる喜三次は、十年ぶりに故郷に旅立つ。彼が下した決断とは――？

群青のとき　今井絵美子

幕府始まって以来の難局に立ち向かい、祖国のため、志高く生きた男・阿部正弘の人生をダイナミックに描き、文学史に残る力作と評論家からも絶賛された本格歴史時代小説！

雷桜　宇江佐真理

乳飲み子の頃に何者かにさらわれた庄屋の愛娘・遊（ゆう）。15年の時を経て、遊は、狼女となって帰還した。そして身分違いの恋に落ちるが――。数奇な運命を辿った女性の凛とした生涯を描く、長編時代ロマン。

角川文庫ベストセラー

江戸裏日月抄　浪人・岩城藤次(五)　小杉健治

酉の市の帰り、血の匂いを漂わせた男を見かけた藤次。気になって、土手を探してみると、女の遺体が転がっていた。現場に駆けつけた新之助は、下手人はすぐに見つかると思ったものの、捜査は難航して……。

隠密同心　小杉健治

隠密廻り同心のさらに裏で、武家や寺社を極秘に探索する隠密同心。父も同役を務めていた市松は奉行から密命を受け、さる大名家の御家騒動を未然に防ごうと捜査を始める。著者が全身全霊で贈る新シリーズ！

隠密同心（二）　黄泉の刺客　小杉健治

佐原市松は奉行から密命を受け、さる大名家の御家騒動を未然に防ごうと飾り職人になりすまし三河町の長屋に移り住む。〝風神一族〟が関与しているらしいがその正体は杳として摑めず…大好評シリーズ第2弾！

隠密同心（三）　裏切りの剣　小杉健治

杳として正体のつかめぬ風神一族。飾り職人になりすました佐原市松は、その行方を追っていたが、ついにその手掛かりを得た。時機をみて、直接対決に持ち込もうとする市松だったが……。

隠密同心　幻の孤影(一)　小杉健治

同じ太刀筋の傷を受けた3人の死体。そのつながりはどこに？　佐原市松が敵陣に潜入して探索を進めるうち蕃ぐるみの壮大な悪事が明らかになり……緊迫した死闘が繰り広げられる大人気シリーズ第4弾！

角川文庫ベストセラー

隠密同心
幻の孤影(二)

小杉健治

悪を裁くためには時に自ら悪に染まり、非情に徹しなければならないのか。敵と知りながら敢えて囮になって潜入捜査を進める市松にシリーズ最大の試練が訪れて……。大好評の書き下ろし時代小説第五弾！

料理番に夏疾風《なつはやて》
新・包丁人侍事件帖

小早川涼

将軍家斉お気に入りの台所人・鮎川惣介にまたひとつやっかい事が持ち込まれた。家斉から、異国の男に料理を教えるよう頼まれたのだ。文化が違う相手に悪戦苦闘する惣介。そんな折、事件が――。

料理番 忘れ草
新・包丁人侍事件帖②

小早川涼

江戸は梅雨の土砂降り。江戸城台所人の鮎川惣介は、自宅へ戻り浸水の対応に追われていた。翌朝、住み込みで料理を教えている英吉利人・末沢主水が行方不明となり、惣介は心当たりを捜し始める。

飛んで火に入る料理番
新・包丁人侍事件帖③

小早川涼

火事が続く江戸。江戸城台所人の鮎川惣介の元へ、以前世話になった町火消の勘太郎がやってきた。火事場の乱闘に紛れて幼馴染みを殺した犯人を捜してほしいというのだ。惣介が辿り着いた事件の真相とは――。

将軍の料理番
包丁人侍事件帖①

小早川涼

江戸城の台所人、鮎川惣介は、優れた嗅覚の持ち主。家斉に料理の腕を気に入られ、御小座敷に召されることも。ある日、惣介は、幼なじみの添番・片桐隼人から、大奥で起こった不可解な盗難事件を聞くが――。

角川文庫ベストセラー

大奥と料理番
包丁人侍事件帖②
小早川　涼

江戸城の台所人、鮎川惣介は、鋭い嗅覚の持ち主。ある日、惣介は、御膳所で仕込み中の酪の中に、毒が盛られているのに気づく。酪は将軍家斉の好物。果たして毒は将軍を狙ったものなのか……シリーズ第2弾。

料理番子守り唄
包丁人侍事件帖③
小早川　涼

江戸城の台所人、鮎川惣介は将軍家斉のお気に入りの料理番だ。この頃、江戸で評判の稲荷寿司の屋台があるという。その稲荷を食べた者は身体の痛みがとれるというのだが……惣介がたどり着いた噂の真相とは。

月夜の料理番
包丁人侍事件帖④
小早川　涼

江戸城の台所人、鮎川惣介は八朔祝に非番を言い渡された。料理人の腕の見せ所に、非番を命じられ、納得のいかない惣介。心機一転いつもと違うことを試みるが、上手くいかず、騒ぎに巻き込まれてしまう――。

料理番　春の絆
包丁人侍事件帖⑤
小早川　涼

江戸城台所人、鮎川惣介は、上役に睨まれ元日当番を命じられてしまった。大晦日の夜、下拵えを終えて幼馴染みの添番・片桐隼人と帰る途中、断末魔の叫び声を聞いた。またも惣介は殺人事件に遭遇するが――。

くらやみ坂の料理番
包丁人侍事件帖⑥
小早川　涼

江戸城の料理人、鮎川惣介は、持ち前の嗅覚で数々の難事件を解決してきた。ある日、将軍家斉から西の丸で起きているいじめの真相を知りたいと異動を言い渡される。全容を詳らかにすべく奔走したのだが――。

角川文庫ベストセラー

料理番　名残りの雪
包丁人侍事件帖⑦
小早川　涼

幼馴染みの添番、片桐隼人とともに訪れた蕎麦屋で、酒に溺れた旗本の二宮一矢に出会う。二宮が酒をやめる代わりに、惣介が腹回りを一尺減らすという約束をしてしまい、不本意ながら食事制限を始めるが——。

入り婿侍商い帖
関宿御用達
千野隆司

旗本家次男の角次郎は縁あって米屋の大黒屋に入り婿した。関宿藩の御用達となり商いが軌道に乗り始めた矢先、舅・善兵衛が人殺しの濡れ衣で捕まり……妻と心を重ね、家族みんなで米屋を繁盛させていく物語。

入り婿侍商い帖
関宿御用達（二）
千野隆司

旗本家次男の角次郎は縁あって米屋の大黒屋に入り婿した。米の値段が下がる中、仕入れた米を売るために、角次郎は新米を江戸に運ぶ速さを競う新米番船に参加する。妻と心を重ね米屋を繁盛させていく物語。

入り婿侍商い帖
関宿御用達（三）
千野隆司

旗本家次男の角次郎は縁あって米屋の大黒屋に婿入りした。ある日、本所深川一帯で大火事が起こり、大黒屋の店舗も焼失してしまう。大黒屋復活のため角次郎は動き出す。妻と心を重ね米屋を繁盛させていく物語。

入り婿侍商い帖
出仕秘命（一）
千野隆司

旗本家次男の角次郎は縁あって米屋の大黒屋に婿入りした。ある日、実家の五月女家を継いでいた兄が不審死を遂げる。御家存続と兄の死の謎解明のため、角次郎は実家に戻って家を継ぎ、武士となるが……。